FOLIO POLICIER

Patrick Raynal

Le marionnettiste

Gallimard

Auteur d'une vingtaine de romans policiers (*Né de fils inconnu, La vie duraille*, avec Jean-Bernard Pouy et Daniel Pennac, *En cherchant Sam*), et de scénarios (*Le Poulpe,* en 1998), Patrick Raynal est directeur de la Série Noire et de La Noire chez Gallimard depuis 1991.

1

J'ai toujours été doué pour les rêves. Tout petit déjà, j'en faisais des somptueux. Des trucs pleins de couleurs et de bruits qui me laissaient pantelant dans les draps, les yeux bien serrés pour ne pas voir la lumière du matin. Sans me souvenir clairement d'aucun, j'arrivais parfois à en garder la tonalité toute la journée et, le soir, je m'endormais comme un scaphandrier glisse sans crainte ni surprise dans sa sépulture familière.

Chaque fois que j'essaye de me souvenir de mon enfance, c'est l'image brouillée de la texture de mes rêves qui me vient à l'esprit. Comme un long couloir sombre sur lequel on projetterait les scènes, à la fois précises et confuses, d'un film sans scénario.

Je suis né…

Je lève mon crayon du cahier. J'ai envie de m'arrêter là, tant le début de mon histoire me semble déjà plein d'erreurs.

Dehors, les matons ont commencé leur ronde. J'entends le bruit monotone de la barre de fer avec laquelle ils sondent les barreaux des fenêtres des cellules. Je suis là depuis plus de deux mois et je n'ai jamais encore entendu un barreau sonner faux. Dommage. J'adore me souvenir des illustrations de mes livres de gosse, où l'on voyait pendre une corde de drap au moignon d'un barreau scié.

Je suis né à la maternité de l'hôpital Saint-Roch à Nice, mais ce ne sont que des on-dit. C'est ce qu'on m'a raconté, la version officielle, celle de ma famille et des documents des flics et du juge d'instruction. J'aimerais qu'elle soit fausse. J'aimerais que l'on découvre que je suis né ailleurs et que l'on reprenne tout depuis le début. J'ai lu quelque part que tous les événements du monde sont liés si étroitement que le battement d'aile d'un papillon sibérien peut modifier l'avenir d'un bébé péruvien. Au lieu de fouiller ma vie comme des charognards, les médecins de la prison feraient mieux de rechercher mon papillon à moi.

C'est pour essayer de le retrouver que j'ai commencé à écrire mes mémoires.

On raconte donc que je suis né à la maternité de l'hôpital Saint-Roch à Nice, mais rien ne me permet de l'affirmer. Je ne me souviens ni de ma naissance, ni des années qui l'ont suivie.

Bien plus tard, je suis revenu à la maternité de l'hôpital Saint-Roch pour voir la femme d'un copain qui venait d'accoucher. La salle commune était bourrée de femmes arabes et noires qui caquetaient dans leur charabia, en mangeant avec les doigts les saladiers de couscous que leurs maris leur avaient apportés. Elles lavaient ensuite les plats dans les chiottes, si bien qu'on ne pouvait savoir si les traînées rouges sur la porcelaine venaient de leurs ventres ou de leur cuisine. C'était si dégueulasse que c'est là que j'ai commencé à douter d'être né là...

— Qu'est-ce que tu écris, Giordano ? Tes mémoires ?

J'ai pas eu le temps de planquer le cahier, et le maton me regarde avec un sale sourire. Certains sont corrects, mais lui c'est un sale con communiste. Le jour où je suis entré dans sa section, il m'a montré la vilaine cicatrice qui lui barrait la gueule. « Regarde bien ça, Giordano, il a dit. C'est un facho dans ton genre qui me l'a faite... Une de ces ordures d'officier de l'OAS... T'es sans doute trop con pour savoir ce que c'est que l'OAS, mais je vais te mener la vie dure quand même. »

C'est bien ce qu'il essaye de faire, mais je me tiens à carreau.

— Non, chef, je dis en baissant les yeux. C'est une histoire, une sorte de roman...

— Tiens donc… Un roman ?

Et il se met à rigoler si fort que j'entends presque plus le bruit de sa barre contre mes barreaux. Je rigole aussi et l'autre maton, celui qui reste devant ma porte ouverte pendant que Corniglion inspecte ma cellule, se met de la partie. J'ai envie de leur éclater la tronche, mais je reste là à me gondoler avec eux. Comme s'ils avaient raison, et que j'étais bien le type le plus con du monde.

— Putain ! Je savais même pas que ce corniaud savait lire, et le voilà qui écrit un roman, il dit en refermant la porte.

Je fais quelques dizaines de pompes avant de me remettre à écrire. Il faut que j'arrête de trembler. Je sais que je suis là pour longtemps.

J'ai du mal à me souvenir de mon premier souvenir. C'est important, parce que c'est de lui que démarre ma vraie vie. C'est important, mais c'est difficile de trouver un ordre aux images qui me viennent.

Ma famille habitait un appartement des HLM Bon Voyage. Ma famille c'était Papa, Maman et notre chienne Trompette. Mon père l'avait trouvée dans le parking de l'immeuble, une nuit qu'il rentrait d'une réunion de cellule, et il l'avait appelée comme ça parce qu'elle gueulait dans les aigus chaque fois qu'on s'approchait d'elle

12

un peu vite. *Elle avait dû avoir vachement peur des gens chez qui elle vivait avant et elle a continué à se méfier tout le reste de sa vie. Pour la caresser, j'étais obligé de ramper sous la table en faisant semblant d'être un chien. J'adorais ça. J'étais même arrivé à lui parler dans une langue qu'on était les seuls à comprendre. Chaque fois que des gens venaient à la maison, elle filait sous la table de la cuisine et je la rejoignais, pendant que mes parents discutaient de choses sérieuses avec leurs amis. Ça foutait mon père en pétard de me voir fuir ses copains pour aller parler au chien, mais il finissait par m'oublier. Ma mère s'en foutait. Elle servait le pastis et les olives et restait assise sans rien dire pendant que les autres buvaient en parlant de plus en plus fort. Quand les gens restaient un peu longtemps, elle m'apportait à manger sous la table et Trompette me regardait, les yeux mi-clos, la langue humide et pendante.*

Mon père était communiste. Enfin, il était communiste à cette époque. Le dimanche, il m'emmenait vendre son journal au marché de la Libération. Il mettait un foulard rouge autour du cou, passait prendre les journaux au local et se plantait au milieu des étalages en criant :

*— Demandez l'*Huma Dimanche *! Demandez le journal des travailleurs !*

C'est pas qu'il en vendait des masses, mais ça

avait l'air de lui faire tellement plaisir que j'aurais donné ma place pour rien au monde.

— C'est le fiston ? demandaient toujours les acheteurs. On dirait bien qu'il a encore grandi...

Et ils m'ébouriffaient la tête avant d'ajouter :

— S'il continue comme ça, les patrons n'ont qu'à bien se tenir.

Je ne comprenais pas grand-chose, sinon que mon père était un type important et que tout le monde l'aimait. Presque tout le monde, vu que pas mal de gens le regardaient d'un sale œil et que certains crachaient même par terre quand ils étaient loin de lui.

— Regarde-les bien, mon Pierrot, il faisait en serrant les dents. N'oublie jamais une gueule de fasciste...

Fasciste... La première fois que mon père m'a dit ce mot, je l'ai répété à voix basse pendant tout le chemin du retour et, en arrivant à la maison, je me suis précipité sur Trompette en le criant ; mais elle s'est contentée de me lécher la figure en remuant la queue. J'ai rien dit à mon père. J'avais trop peur qu'il prenne ma chienne par la peau du cou pour la ramener dans le parking où il l'avait trouvée.

2

Chaque fois qu'on se déplace dans la taule, les matons ouvrent une succession de portes en ferraille qu'ils referment aussitôt derrière vous avec l'énorme trousseau de clés qu'ils trimballent toujours avec eux. Toute la prison est en ferraille, les portes, les escaliers, les passerelles, les barreaux, les serrures et toute la journée, la taule résonne ainsi du bruit du fer contre l'acier. C'est à ça qu'il faut d'abord s'habituer. Ce matin, en suivant Corniglion vers le parloir où m'attend mon avocat, je me demande si je vais tenir.

La veille, avant l'extinction des feux, j'ai inscrit en grosses lettres LA DERNIÈRE CROISADE sur la couverture de mon cahier et dessous, en lettres plus petites, j'ai marqué « roman ». J'aime mieux ça. Personne n'a besoin de savoir que c'est ma propre vie que je raconte.

L'avocat me regarde comme si j'allais le mordre. Il a raison. J'en sais assez sur lui pour l'expédier dans un cul-de-basse-fosse aussi profond que celui dont il tente de me sortir. C'est un aristo nanti d'un nom qui se dévisse et d'une famille assez puissante pour lui permettre de respirer encore à l'air libre. C'est aussi l'avocat du Parti.

— Asseyez-vous, Giordano, me fait ce con comme si c'était dans son salon que je venais d'entrer.

Je reste debout juste pour le faire chier.

— J'ai de bonnes nouvelles, il dit avec son sourire de faux-cul. L'enquête est au point mort. La police patauge. Vous ne devriez pas rester ici bien longtemps.

— Combien ? je demande. Ça fait deux mois que vous me dites la même chose.

Il agite les bras comme si on était déjà au tribunal et qu'il jouait des manches devant ces enfoirés de jurés.

— Détendez-vous, bon Dieu ! Dehors, on s'occupe de vous. J'ai déposé une somme confortable au greffe pour que vous puissiez cantiner. Choisissez-vous les menus et les cigarettes les plus chers. La somme sera renouvelée *ad libitum*...

Ad libitum... Ce péteux ne peut pas s'empêcher de me frimer avec son latin. Chaque fois qu'il vient me voir, j'ai l'impression de m'enfoncer un peu plus dans cette putain de tombe.

— Ouais, je fais en m'asseyant, vu qu'il se fout pas mal que je reste debout ou non. On s'occupe de moi à condition que je ferme ma gueule.

Il répond pas. Il n'y a rien à répondre. Je le savais déjà en entrant dans la petite pièce qui sert de bureau aux baveux. Il est juste venu s'assurer que je ne craquais pas, que j'étais toujours prêt à tenir mon rang, comme un brave soldat tombé dans les pattes de l'ennemi. Un peu de fric, quelques paroles rassurantes, et il pourra repartir vers l'air libre et le soleil qui me fait de l'œil à travers les barreaux.

— Et mes parents ?

— On s'en occupe, me rassure-t-il avec son sourire de faux-cul intégriste. On a demandé à un ancien *camarade* de votre père de se mettre en contact avec eux.

On sent bien qu'il n'aime pas le mot, qu'il lui fait encore peur. Il a raison. J'en connais quelques-uns qui rêvent de l'écraser entre un mur et un pare-chocs de trente-huit tonnes.

— Vous avez intérêt, maître. Je ne sais pas si je pourrai tenir longtemps sans visite.

C'est du bluff, bien sûr. Que je tienne ou non ne changera pas grand-chose à mon sort, mais j'aime bien la gueule qu'il fait quand je le menace.

Je me lève sans lui tendre la main et je vais taper sur la porte pour appeler le maton.

— N'oubliez pas que vous passez chez le juge demain matin.

— Putain, j'allais oublier ! je fais en ricanant. Je ne sais pas ce que j'ai foutu de mon agenda. J'ai dû le perdre entre la fenêtre et le trou des chiottes...

Ma mère ne parlait pas souvent aux autres. J'ai longtemps cru que c'était à cause de moi et, une fois couché, je me relevais en silence pour aller coller mon oreille à la porte quand leurs amis passaient la soirée à la maison. Je restais là sans rien comprendre, écoutant le bruit des verres et des bouteilles, celui des briquets qui claquaient dans l'air enfumé, jusqu'à ce que la conversation s'éteigne d'elle-même dans les chuchotis et le grincement final de la porte d'entrée. Mais jamais je n'ai entendu ma mère dire à voix haute ce qui passait tout bas dans ses yeux, son visage, ou les paroles qu'elle se murmurait quand nous étions seuls et qu'elle semblait m'avoir oublié.

C'était une très belle femme. La plus belle du bloc et même de tout le quartier Bon Voyage. J'étais trop petit pour faire la moindre comparaison, mais tout le monde le disait. Les hommes se retournaient sur elle dans la rue, et les autres femmes avaient soudain l'air de chiffons quand elle les croisait. Je serrais fort sa main en marchant à côté d'elle. Par fierté, bien sûr, mais surtout par peur que quelqu'un me l'enlève. C'est difficile à écrire, mais je crois que je savais déjà qu'elle avait peur de sa beauté, qu'elle la prenait comme un cadeau empoisonné, une sorte de malédiction, et que c'est pour ça qu'elle s'arrangeait pour qu'on la remarque le moins possible. Ce n'était que quand nous sortions tous les trois en famille qu'elle s'épanouissait, comme si le bras de mon père était le seul tuteur qu'elle s'autorisait. La tête droite, ses cheveux noirs et bouclés cascadant sur ses épaules fermes et mates, elle marchait contre lui en regardant le monde dans les yeux.

Tous les soirs, avant de m'endormir, je demandais à Trompette d'être vigilante et de ne laisser personne s'approcher de ma mère quand mon père ou moi étions absents.

Pour le gosse que j'étais, mon père était sans doute possible un homme magnifique. Il avait l'art d'emplir l'espace qui l'entourait d'une aura de force et de tendresse qui le rendait irrésistible à tous. Ses cheveux bouclés, sa barbe drue, ses sourcils épais comme des taillis captaient la moindre lumière, et donnaient à son visage l'éclat intérieur de ces tableaux accrochés dans les églises où ma grand-mère maternelle m'emmenait en cachette. Le soir, je guettais son pas dans l'escalier et j'attendais devant la porte que ses grosses mains me saisissent par la taille pour m'envoyer faire un tour vers le plafond. J'ai encore le souvenir du mélange de terreur et de bonheur qui bloquait mon rire dans ma gorge pendant la longue descente vers le plancher.

J'étais heureux.

Je le fus un peu moins quand le gros ventre qui déformait la silhouette de ma mère se transforma en un paquet de chair braillard et plein de merde.

L'arrivée d'un deuxième enfant est toujours une expérience traumatisante pour les premiers-nés mais, généralement, ils finissent par s'en remettre. Pas moi. L'irruption de ma sœur Françoise dans mon univers soigneusement balisé par le bonheur me fit l'effet d'une amputation. Rien n'avait changé dans l'attitude de mes parents à mon égard. Ils m'aimaient toujours autant, je volais toujours aussi régulièrement vers le plafond, les lèvres de ma mère n'avaient rien perdu de leur douceur mais, dans leur chambre, perdu au fond d'un fouillis de dentelles roses et d'odeur de crème d'amande douce, un corps étranger se développait à mon insu. Une sorte de cancer qui grignotait mon espace vital avec une fureur sournoise et implacable.

Trompette faisait ce qu'elle pouvait pour me distraire, mais je sentais bien qu'elle attendait aussi le développement du bout de barbaque pour aller partager ses secrets.

La souffrance après le bonheur est une chose terrible, et je me mis à la souhaiter à tous.

En septembre de cette année, on me mit à l'école...

— Promenade...

La porte de ma cellule vient de s'ouvrir à la volée et j'attends sur le seuil que le maton donne l'ordre à la file d'avancer. Je suis dans la section de ceux qui passeront aux assises et nous sommes tout seuls dans nos cellules. Mon voisin est un maquereau corse. Il n'est là que depuis trois jours, mais tout le monde sait que c'est pour avoir dérouillé à mort une fille qui l'avait doublé. Tout se sait en prison. Les bruits et les informations filtrent des murs comme des coulées d'humidité poisseuse.

En rang et en silence, on glisse vers la petite cour de promenade. C'est un rectangle de macadam entouré de hauts murs dont on a grillagé la partie supérieure. Avec un peu d'imagination et à condition de garder le nez en l'air, on pourrait se croire dans une volière. Interdit de courir et de crier, mais on peut marcher en se parlant. En haut des murs, planqués dans leurs guérites, des matons armés nous regardent avec indifférence.

Jusqu'à présent, je me suis démerdé pour rester seul. Je parle le moins possible et je refuse de me servir du fric que le Parti me donne pour cantiner. Je fais juste une exception pour les cigarettes, mais je ne mange que l'ordinaire de la taule. Je sais que c'est irrationnel, mais je me dis que je serai vraiment foutu le jour où je commencerai à m'installer dans ce trou.

— T'as une sèche, Giordano ? me demande le maquereau corse.

Ça faisait un petit moment qu'il me regardait en s'approchant par cercles concentriques. Je ne lui demande pas comment il connaît mon nom. Je sais qu'il sait qui je suis et ce que je fous là. Je suis déjà une sorte de star dans le quartier.

Il pêche la cigarette dans le paquet et l'allume en me regardant par en dessous. C'est un grand brun calamistré qui serait plutôt beau gosse, si son menton n'avait pas une telle tendance à s'avachir.

— Je suis content de te connaître, fait-il en tendant une main que je ne prends pas.

— Ah ouais...

Il regarde sa main comme si c'était un pseudopode qui venait de lui pousser au bout du bras et finit par la fourrer dans une poche.

— Je comprends que tu te méfies, mais je voulais que tu saches que je suis de ton côté.

— Quel côté ? je ricane en regardant autour de nous.

Il se marre sans comprendre. Encore un qui a appris l'humour dans les colonnes d'*U Ribombu*.

— Enfin, je voulais te dire que je sais ce que t'as fait, et que tu peux compter sur moi pour…

Le reste de sa phrase s'étrangle entre sa gorge et mon poing serré sur le col de sa chemise.

— J'ai rien fait, connard, je chuchote. Tu comprends ça ? J'ai rien fait et je compte sur toi pour ne jamais l'oublier.

Il hoche la tête en gargouillant. En haut du mur, un maton nous regarde en souriant. Je lâche le maquereau et je lui donne du feu.

— Content de te connaître, Casanova, je fais à voix haute. Te gêne pas pour les clopes, j'adore rendre service.

Il dégage en se massant la pomme d'Adam. Je reste à fumer dans mon coin en regardant les autres m'ignorer.

À la fin de la promenade, un type s'approche de moi. C'est un braqueur multirécidiviste, un de ces types qui se prennent pour l'aristocratie de la maison.

— Qu'est-ce qu'il te voulait ? il demande dans un souffle.

Je hausse les épaules sans répondre.

— Fais gaffe quand même, Giordano. T'es peut-être pas aussi dur que tu le crois.

Je lui souris, j'écrase ma clope et je rentre dans le rang.

Mes parents avaient une petite maison du côté de Coursegoules. Une sorte de cabanon qu'ils avaient acheté à un promoteur bidon qui voulait installer un village de bungalows pour touristes dans ce bout de désert. Personne ne venait jamais dans ce coin, et les bungalows avaient fini par ressembler aux baraquements d'une mine abandonnée quelque part dans la Vallée de la Mort, mais mon père s'accrochait à sa « bonne affaire » avec la ténacité d'un pionnier. « Tu verras que ça finira par prendre de la valeur », disait-il à ma mère chaque fois qu'on s'installait pour quelques jours dans ces trente mètres carrés d'inconfort absolu. Pendant que mon père n'en finissait pas de remettre la baraque debout et que ma mère grattait les pierres du jardin pour y planter quelques fleurs, je filais avec Trompette dans les rocailles et le maquis à la recherche des Indiens sanguinaires qui terrorisaient la région.

J'aimais bien ce coin de montagne. Je m'y faisais souvent chier à cent sous de l'heure mais, surtout depuis l'arrivée de ma sœur, je m'y faisais chier tout seul et c'était déjà ça.

Un jour, on a trouvé du monde dans le bunga-

low d'en face. Une famille dans notre genre, sauf qu'elle venait de Paris et que leurs deux gosses, un garçon et une fille, étaient plus âgés que moi, surtout la fille.

Je ne sais pas trop ce qu'ils s'attendaient à trouver en venant là, mais je me souviens qu'ils avaient l'air sacrément contents de nous voir arriver. Ils ont expliqué à mon père qu'ils avaient acheté ça après avoir lu une annonce dans un journal parisien.

— Y avait même une photo, a dit le type en regardant son bungalow. Je suppose qu'ils l'ont prise avant que la peinture s'en aille.

Ils avaient payé cash leur « Petite maison de charme dans l'arrière-pays de la Côte d'Azur » et ils étaient là depuis la veille, avec leurs gosses et leur camionnette pleine de vieux meubles.

Je suis parti avec Trompette et quand je suis revenu, mon père avait allumé le barbecue et sorti le pastis. « Je savais bien que ça finirait par prendre de la valeur », disait-il en servant à boire, et il avait l'air si content que ma mère se mit elle aussi à faire l'article aux Parisiens.

— C'est surtout la qualité de l'air qui compte, elle a dit en brandissant fièrement Françoise. Regardez les bonnes joues rouges de ma petite fille…

Tout le monde s'est mis à faire des grâces à ma sœur et, quand j'ai voulu foutre le camp,

Trompette est restée avec eux. En fuyant, j'ai vu le regard que me jetaient les deux petits Parisiens ; un regard de mépris amusé, celui que l'on réserve aux vaincus.

À l'époque, mon père travaillait comme contremaître dans une usine de caravanes en haut du boulevard de la Madeleine. C'était un champion pour tout ce qui touchait au travail du bois et il a passé une bonne partie de ses vacances à aider les Dupuis (c'était le nom des Parisiens) à retaper leur baraque, pendant que les femmes restaient à papoter dans le jardin devant le parc de ma sœur.

J'avais 7 ans et je crois que, cet été-là, j'ai touché le fond de la solitude.

À presque 12 ans, Daniel Dupuis se foutait complètement des Indiens de la région. Il était venu avec une raquette de tennis et quand il ne traînait pas dans les pattes des hommes en leur passant les outils, il faisait du mur en singeant les gestes des champions de Roland-Garros. De toute façon, j'évitais de lui parler depuis qu'il s'était foutu de mon accent.

Sa sœur Chantal me regardait souvent d'un drôle d'air en se tartinant de crème à bronzer, mais ses 14 ans, ses seins triomphants et sa façon de se lécher le doigt pour tourner les pages de ses magazines me tenaient au large.

Mes randonnées solitaires se mirent à changer peu à peu de scénario. Les Indiens avaient disparu pour laisser place à un vaste territoire vierge où s'épanouissaient mon malheur et ma rancœur de banni. Je plongeais délicieusement dans le vertige de mon bonheur perdu et je jouais à alimenter mon désespoir en m'exerçant à la haine.

*Bien plus tard, en lisant au lycée les premiers vers d'*El Desdichado*, je me suis revu dans le silence du Col de Vence, pleurant et frappant les herbes et les arbres à coups de bâton.*

Je suis le ténébreux, le veuf, l'inconsolé
Le prince d'Aquitaine à la tour abolie
Ma seule étoile est morte et mon luth constellé
Porte le soleil noir de la mélancolie...

Ridicule, bien sûr. Mon plus grand malheur fut sans doute dans cette passion que mes parents mirent à persuader les Parisiens qu'ils avaient vraiment fait « une bonne affaire ». Comme eux, les Dupuis n'étaient que de pauvres prolos bernés par un promoteur qui finit en prison, mais leur acharnement à se rêver fins capitalistes m'ouvrit l'autoroute où je dévale encore.

À la fin du séjour, pour une affaire de coup de langue à l'ennemi, j'ai jugé Trompette coupable de haute trahison et je lui ai brisé la nuque avec le marteau de mon père.

3

Collé à la fenêtre du fourgon cellulaire, je récite le trajet entre la prison et le palais de justice. J'aime cette ville. Des bouts de ma vie y flottent à chaque coin de rue. Je pourrais la raconter en entier en ne parlant que de moi.

Les flics me débarquent et me font entrer par la petite porte de derrière. Celle qui donne sur le marché Saleya. Ça sent la socca, les fleurs et le basilic. L'escalier est trop petit pour nous trois. Celui qui marche devant tire un peu trop fort sur mes menottes trop serrées. Il a l'air content d'être là.

Les couloirs du palais sont pleins d'avocats en robe. Ils discutent en fumant sous les boiseries et les dorures. C'est à peine s'ils nous regardent passer. J'ai presque l'impression de faire partie du décor, d'être enfin à ma place. Je me souviens d'un truc que disait mon prof de français à propos de Zola, qui ne commençait

jamais à écrire une scène de procès sans connaître minutieusement la topographie de la salle,
le nombre de marches, de rampes, de stalles et
de fauteuils. Je me dis que je pourrais en prendre de la graine, maintenant que je suis devenu
le biographe du personnage principal de mon
roman.

Mon avocat est déjà là. Nerveux, il compulse
ses dossiers sans un regard autour de lui. Il sait
qu'une bonne moitié de ses confrères le méprise.
Pas facile d'être l'avocat d'un parti haï par les
trois quarts du pays.

— Bonjour, maître, je fais d'une voix forte.
Content que vous ayez pu vous libérer.

Il n'a pas l'air d'apprécier mon humour, mais
il fait comme si.

— Bonjour, Giordano, dit-il avec son sourire
de suceur d'hostie. Je constate que vous êtes en
forme… Tant mieux.

J'ai envie de l'asticoter encore un peu, de le
faire chier une bonne fois pour toutes dans son
froc, mais je me retiens. Je suis comme un sau-
teur à ski en haut de son tremplin, j'ai besoin
de tout mon élan.

La greffière du juge vient nous chercher. C'est
une petite brune plutôt gironde qui ne fait rien
pour cacher le dégoût que je lui inspire. Je
regarde son cul danser sous sa jupe, histoire de
me faire quelques souvenirs.

30

Le juge Aldebert demande aux flics de desserrer un peu mes menottes avant de les faire sortir. C'est un grand type mince, chauve et distingué, qui se fringue comme un acteur de ciné italien et ne perd aucun temps à me manifester un quelconque mépris. Il n'est pas là pour ça.

Je laisse passer les formalités en regardant les seins de la greffière battre sous sa blouse légère.

— Alors, Giordano, fait le juge. Où en sommes-nous ?

— Toujours au même point, monsieur le juge. Bloc A, cellule 29.

Je ne sais pas ce qui m'a pris de dire ça, mais ça me plaît bien. La greffière en loupe une touche et le juge se permet un sourire discret.

— C'est tout ? demande-t-il en penchant légèrement la tête.

— C'est tout pour l'instant, monsieur le juge.

— Est-ce que cela signifie que vous avez l'intention de ne répondre à aucune de mes questions ?

Je sens que Me de Machin voudrait dire quelque chose, mais je ne lui laisse aucune chance.

— Cela signifie que j'ai besoin de réfléchir, monsieur le juge, et que la prison m'y aide beaucoup.

— C'est une des libertés qui vous restent, Giordano. Elle est parfaitement légitime mais...

Il me regarde sans finir sa phrase. J'ai le

sentiment qu'il vient de comprendre quelque chose que je cherche à saisir depuis longtemps.

— J'ai besoin de conférer avec mon client, fait l'avocat d'une voix de noyé. Si vous voulez nous accorder...

— M. Giordano s'est parfaitement fait comprendre, maître, tranche le juge.

Il reste debout pendant que les flics m'encadrent à nouveau.

— J'ai lu votre dossier avec attention, Giordano, fait-il d'un ton sec. J'aimerais beaucoup en parler avec vous... Quand vous aurez réfléchi, bien sûr.

Les flics m'emmènent en laissant Me de Ferasse planté au milieu du couloir.

J'avais jeté Trompette au fond d'un ravin après avoir soigneusement essuyé le marteau. Ma mère a pleuré et mon père m'a regardé d'un drôle d'air. Il ne m'en a jamais reparlé, mais il a mis le bungalow en vente. Des années plus tard, je suis remonté à Coursegoules avec une bande de motards avec laquelle je traînais à l'époque. Les Scavengers... Le panneau À VENDRE *était toujours accroché sur le bois délavé et pourri par les intempéries. Il portait encore notre numéro de téléphone de la cité Bon Voyage, et ça m'a fait comme ce que Proust raconte dans ses bouquins. J'ai essayé d'en parler aux autres membres du* gang, mais ils étaient tous trop cons pour comprendre ce genre de choses. Je crois que c'est ce que le juge a voulu dire en parlant de mon dossier. Comment un type qui a lu tant de livres, qui a fréquenté l'école et l'université, a-t-il pu devenir le criminel que je suis ? À vrai dire, j'en sais rien. Toujours est-il qu'à partir du meurtre de Trompette, je me suis mis à fréquenter ce qu'on pouvait trouver de pire dans les cours de récré.

Ma grande chance, c'était ma beauté. Avec des parents comme les miens, c'était pas difficile d'être simplement pas mal, mais j'étais bien plus que ça. Mon père m'avait donné sa haute taille, ses muscles longs, ses veines saillantes, ses yeux clairs et son air de bonté naïve. Des origines italiennes de ma mère, j'avais gardé un visage de page florentin, de longs cils de fille et une chevelure lourde et bouclée que j'ai longtemps portée jusqu'aux épaules avant de la couper par conformisme viril. « Une gonzesse dans une carcasse de chevalier du Graal », disait toujours mon oncle Robert quand il venait à la maison. Et c'était bien ce qui marchait dans les cours de récré, les caves d'immeubles, les coins de rues sordides et tous les endroits où je trimballais ma dégaine de chef de bande adolescent. Les filles m'adoraient et les mecs qui pensaient pouvoir s'offrir ma jolie gueule de tante apprenaient vite à respecter ma force et ma vitesse de frappe.

Communiste de la vieille école, mon père avait un vrai respect pour les livres et la culture. Il m'avait appris à lire très tôt et, sur les conseils d'un copain de cellule, il avait approvisionné ma bibliothèque de gamin de tout un tas de livres de Stevenson, Jack London, James Oliver Curwood, Fenimore Cooper, Forester, et autres récits de l'Océan, de l'Ouest sauvage et du Grand Nord. J'avais vite compris que la lecture me mettait à l'abri des corvées domestiques. « Ne le dérange pas, il lit », disait mon père, et il se tapait lui-même l'aller-retour à la cave ou chez l'épicier pendant que j'apprenais à être un dur avec Wolf Larsen.

Je ne sais plus trop où j'avais lu la scène qui me permit très vite d'acquérir une réputation de coriace, mais je me souviens toujours des conseils que donnait le vieux coureur de prairie au jeune pied tendre qu'il initiait à la férocité de la frontière : « Quand tu sens que ça va chauffer, tu traces un cercle invisible autour de toi et tu cognes dès que l'autre franchit le cercle… Cogner le premier, mon gars, c'est la seule façon de s'en sortir et laisse personne te dire autre chose… »

Séduire, cogner et séduire encore. La recette était miraculeuse. Elle ne marchait pas avec tout le monde, mais elle était infaillible sur le public que j'avais décidé de m'annexer. Un public d'autant plus à ma merci qu'il était composé d'un ramassis effrayant de cancres et d'abrutis, qui ne comprenaient pas comment je m'y prenais pour rafler aussi les meilleures places du classement. Comme pour la lecture, j'avais vite saisi que mes résultats scolaires étaient la clé de ma liberté. J'apprenais vite et j'aimais ça, mais je savais surtout qu'en travaillant mal à l'école, je me serais fourré dans des complications familiales vraiment sérieuses. Mes parents n'auraient pas admis que je les déçoive dans le domaine où ils voyaient le vrai salut de la classe ouvrière, et ils laissaient négligemment traîner mes carnets scolaires ouverts à la bonne page sur la table du salon quand leurs copains venaient les voir.

Pour des raisons évidentes, mes potes à moi ne foutaient jamais les pieds à la maison et, pour mes vieux, j'ai grandi comme le cadre qu'ils avaient posé sur le buffet : un garçon beau, gentil, travailleur, un peu solitaire peut-être, mais les grands esprits ne le sont-ils pas toujours ?

L'ennui de ma réputation, c'est qu'elle attirait sans cesse de nouveaux défis. Comme dans les westerns que j'allais voir avec mon père dans les ciné-clubs des MJC, il se trouvait toujours un type dévoré par l'envie de vérifier si j'étais bien aussi dur qu'on le disait. J'ai tenu le coup sans problème tant que je suis resté à la communale. J'étais largement le plus costaud de ma cour et ma bande prenait à cœur de répandre ma légende auprès des nouveaux. Pour le reste, je veillais à frapper le premier sans jamais me mettre en colère. « Tu n'es qu'un petit salopard froid et dangereux », m'avait dit un jour mon instit de CM2, un jeune type toujours en jeans et en cheveux longs que mon attitude en classe n'impressionnait pas du tout. Ce fut le premier à me percer à jour. Je me souviens encore de son regard glacial et du soin qu'il portait à ne jamais me toucher, comme s'il en savait long sur les cercles invisibles dont s'entourent les tueurs. J'en suis bien sûr tombé amoureux, mais il était trop malin pour mordre à mes hameçons.

Je l'ai revu plus tard et je suis sûr qu'il sera à mon procès si les choses vont jusqu'au bout.

Mais ceci est un autre chapitre de ma vie, et je sais maintenant que je ne peux la raconter qu'en remontant le cours du temps. C'est le présent qui donne au passé sa lumière ; une lumière rayée d'acier, en ce qui me concerne, et pour un bout de temps.

Les choses se gâtèrent donc au collège.

Je le compris tout de suite le premier jour en pénétrant dans la cour du collège Pauliani. Parqués dans un coin comme des moutons avant la tonte, « les p'tits sixièmes » roulaient de grands yeux effrayés pendant que les troisièmes occupaient le terrain en roulant des mécaniques.

Entre les deux, les cinquièmes et les quatrièmes, forts de leur statut d'anciens, tournaient comme des électrons libres. Aucun de mes anciens affidés n'ayant pu franchir le cap de l'enseignement long, j'étais seul, condamné à régner sur une bande de marmots, loin des ivresses violentes du pouvoir.

J'ai rongé mon frein. Je me suis gavé de maths, d'anglais et de français en agrandissant mon territoire et j'ai pris des baffes chaque fois que j'essayais d'en sortir.

Par la suite, que ce soit à la fac, à l'armée, en prison ou dans toutes les bandes ou factions dans lesquelles j'ai traîné, je me suis toujours souvenu de la hiérarchie féroce qui se met naturellement en place dans une cour de lycée ou de collège. À quoi ça sert d'être beau, balèze et brillant quand les cercles du pouvoir passent par l'âge, les poils et l'alchimie des hormones ?

Casanova (c'est vraiment son nom !) est revenu me tourner autour à la promenade. Il me tape une sèche et il reste planté à côté de moi sans rien dire.

— Qu'est-ce que tu veux ? je finis par demander.

— Savoir si t'es toujours en rogne, pour commencer.

Je hausse les épaules. Un peu plus loin, les autres types de la section nous matent sans se gêner. Comme s'ils savaient déjà que le mac a un message à me faire passer de l'extérieur. J'aimerais vraiment comprendre comment les informations se propagent aussi vite à travers cette forêt de portes et de grilles.

— Tu le verras bien assez vite, je fais d'une voix douce.

Il se masse la gorge en souriant. Je sens qu'il a peur.

— Putain, on m'avait dit que t'étais dur, mais je pouvais pas croire que tu l'étais tant que ça...

Il me regarde par en dessous. Il laisse ses mains pendre le long de son corps. Je pourrais le descendre d'un coup sans qu'il songe à bouger.

— Qu'est-ce que t'y connais en durs ?

— J'en ai connu quelques-uns.

— Qui ? Des dérouilleurs de putes dans ton genre ?

Il baisse les yeux, mais pas assez vite pour planquer l'éclair de rage qui les traverse. Faut quand même que je me méfie, ce type a dû grandir avec une lame à la main.

— Pas seulement, il fait d'un ton cool. J'ai rencontré des mecs qui tournaient avec toi.

Nous y voilà... Je hoche la tête d'un air admiratif et je tourne les talons.

— Norbert Pancrazi, par exemple, il ajoute.

Mon vieux pote Norbert... Ça me fait presque plaisir d'entendre son nom ici.

— OK, je fais. Tu connais un vrai dur et t'es encore vivant pour en parler. Et alors ? Ça prouve juste que tu cours vite.

— On est du même village, dit-il sans relever l'insulte. Un bled du côté de Vico. Je crois que tu connais.

Je connais Vico. J'y ai passé un mois avec Norbert il y a quelques années, en attendant que les choses se tassent sur le continent.

— Je connais ton père, je fais, et ta mère aussi. Tu venais déjà de tomber comme barbot. On peut pas dire qu'ils adoraient parler de toi...

— Putain ! mais pour qui tu te prends ? il fait en reculant de deux pas. Tu crois qu'on va te filer la légion d'honneur parce que t'as foutu le feu à...

— Ferme-la, Casanova, je souris. Je t'interdis de parler de moi ici ou ailleurs. Je veux bien reconnaître que je t'ai cherché, mais maintenant ferme-la.

Il se tait. Mon sourire lui fait plus peur que tout le reste. Il sait qu'il vient de passer à côté d'une branlée, mais il ne comprend pas pourquoi. Je repense à ce que j'ai écrit ce matin.

— Cessez le feu, je dis en lui tendant la main. Parle-moi plutôt de Norbert.

Il prend ma main comme si c'était un bibelot de cristal. La sienne est moite comme un poisson crevé.

— Il est toujours aux Baumettes, mais ça t'es bien placé pour le savoir… Je l'ai vu avant d'être transféré ici… Il m'a juste dit de te dire qu'il ne t'oubliait pas.

— C'est tout ?

Il se dandine sur ses guibolles. Le reste a un peu plus de mal à passer.

— Oui… enfin, non… Il a dit aussi que la prison était une maison de verre et que ça serait vraiment con que tu perdes patience.

Sacré Norbert ! Je suis sûr qu'il pense à moi chaque fois qu'il éteint la lumière.

— Merci, mon pote, je fais en clignant de l'œil. Ça fait du bien d'avoir des nouvelles des amis.

Je lui serre l'avant-bras à la romaine. Ce con transpire comme une tartine au soleil. À l'autre bout de la cour, les matons sifflent le rassemblement.

— Une dernière chose, Casanova… Est-ce que j'ai l'air de perdre patience ?

— Non… pas du tout. Je crois que personne pourrait dire un truc pareil…

— Merci encore, mon pote, et passe à l'ombre…

C'est marrant, l'écriture. On croit qu'on raconte ce qu'on veut comme on veut, et puis le hasard vient vous rappeler qu'il n'existe pas. C'est pas

*que Norbert se manifeste au moment où j'allais
en parler qui me trouble, c'est qu'il sache de
façon certaine, depuis sa cellule des Baumettes,
que je suis en train d'écrire l'histoire de ma vie.
Et de la sienne. Je suis sûr que les matons sont
allés raconter dans tout le bloc que Giordano
avait commencé un bouquin, mais Norbert s'en
doutait déjà avant de rencontrer Casanova.
Comme un animal sauvage, il finit toujours par
connaître les modifications de son environnement.*

*J'ai connu Norbert Pancrazi au collège Pau-
liani. Je n'avais jamais pensé au sexe comme
moyen d'arriver à mes fins et, surtout, j'étais loin
de me douter que cette chose mystérieuse allait
m'être révélée par ce petit Corse noir et râblé
comme un pruneau.*

*Je ne l'aurais avoué pour rien au monde, mais
les filles me foutaient une pétoche terrible. Les
gamines de ma classe me laissaient froid et si
quelques-unes des grandes me regardaient avec
un peu de vague à l'âme, j'avais suffisamment
maté mes parents pour comprendre que les poils
jouaient un rôle sérieux dans l'histoire. J'étais de
plus en plus grand, de plus en plus beau, de plus
en plus malin et avide, mais j'avais les joues, le
menton et le pubis aussi glabres que les fesses de
ma sœur.*

J'avais déjà remarqué Norbert dans le groupe

des troisièmes. Taciturne, légèrement arrogant, il jouait les juges de paix avec une assurance tranquille qui me faisait bouillir d'envie et de rage vaine. Ce type savait comment ça se jouait et il le faisait juste sous mon nez.

Je me suis mis à traîner dans ses traces jusqu'à ce qu'il me remarque.

— Tu veux ma photo, minot ? finit-il par me dire un jour où je lui suçais encore les baskets de près.

— Je collectionne pas les gueules de singe, j'ai fait, un peu désespéré par la faiblesse de ma réplique.

— Sans blague ! il a dit avec son sourire languissant. C'est quoi que tu collectionnes ? Les poupées ?

Et il a tourné le dos sans me laisser le temps de répondre ou de cogner.

Le soir, en quittant le collège, j'avais encore les joues rouges de honte et de colère. Je remontais la rue Pauliani quand j'ai senti sa main sur mon épaule.

— Qu'est-ce que tu voulais tout à l'heure ? il a demandé. Ça fait des jours que tu me tournes autour.

J'ai continué à marcher en réfléchissant à toute allure. Je croyais que je l'avais accroché mais c'était lui qui me tenait.

— T'es pédé ? fit-il en me forçant à m'arrêter.

Je connaissais le mot, bien sûr. Comme tout le monde, je m'en servais comme d'une insulte sans trop savoir ce qu'il voulait dire. J'ai balancé mon poing en visant l'arête du nez, mais il n'y avait déjà plus personne devant moi.

— Te fâche pas comme ça, rigola-t-il. Je te demande juste si t'as déjà fait ça avec un mec.

— Merde ! j'ai dit. Comment t'as fait ?

— Aïkido. J'ai vu dans tes yeux que t'allais frapper et je me suis poussé avant.

Un peu plus loin, il m'a fait entrer dans un chantier d'immeuble. Je l'ai suivi en haut d'une échelle et il m'a poussé contre un mur. Sa bouche sentait le tabac.

— Laisse-moi faire, minot, il a soupiré en défaisant mon jean. T'as trouvé ce que tu cherchais.

Le lendemain, je m'inscrivais dans sa salle d'aïkido.

Apprendre à me battre autrement qu'en cognant vite et fort m'excitait beaucoup plus que les parties de baise qui suivaient chaque entraînement, mais elles étaient devenues si inséparables des séances au dojo qu'elles finirent par se confondre dans une même spirale de désir. Sous ses dehors nonchalants, Norbert était un vrai furieux du sexe et j'appris à en faire ce que je voulais en le laissant faire ce qu'il voulait.

C'était pas difficile. Il était amoureux de moi alors que je commençais juste à n'aimer personne.

4

J'ai à peine le temps d'ouvrir mon cahier que Corniglion ouvre ma porte. (Ma porte ? Je me demande pendant combien de temps je vais continuer à raisonner en propriétaire, dans cet univers où rien ne m'appartient.)

— Eh, l'écrivain, il fait. Paraît que t'as demandé à voir l'aumônier ?

— C'est vrai, chef, je dis.

— Sans blague !

Il crève d'envie de me balancer une de ses vannes hargneuses, mais la grande carcasse du père Raybaud se pointe déjà dans la cellule.

— Pardon, mon fils, il fait en écartant Corniglion de son chemin.

Raybaud était venu me voir dès mon entrée en cabane. Une visite de routine, qu'il disait. J'ai tout de suite été impressionné par sa carrure de rugbyman et sa façon de fermer la porte derrière lui, comme si ni moi ni personne n'était de taille à lui faire peur. J'étais d'une humeur de chien et j'ai commencé à le faire chier avec le baratin des cagots du Parti : le schisme du Vatican, la messe en latin et les dangers de l'Islam. J'ai même fini par le foutre dehors, sous prétexte que je ne pouvais pas sacquer les foies blancs de curés qui troquaient leur soutane contre un jean et un blouson.

Il n'avait pas cherché à discuter. Il s'était contenté de m'écouter avec un petit sourire, comme s'il savait que je me foutais de Dieu, de la religion et des curés et que tout ça, c'était juste une manière de l'empêcher de parler de moi.

— Je vous écoute, Giordano, il fait en s'asseyant sur le bord du châlit.

Giordano, pas « mon fils » comme avec l'autre enfoiré. Je me dis qu'il va falloir faire gaffe, parce que ce type a vraiment oublié d'être con.

— Avant toute chose, j'aimerais savoir comment vous voulez que je vous appelle, je dis en le regardant droit dans les yeux. J'ai un peu de mal avec « mon père » ...

Ça le fait rigoler.

— Je ne crois pas que vous ayez du mal avec quoi que ce soit, Giordano. Appelez-moi comme vous voulez.

— Au temps pour mes ruses ! je dis avec un grand sourire. Vous avez fait de l'aïkido ?

46

— Ouais… Et pas mal d'autres choses aussi. Si c'est le sport qui vous manque, je peux pas faire grand-chose pour vous. Les prévenus pour meurtre n'ont pas accès au gymnase.

— Pas besoin. J'ai assez de place ici pour me maintenir en forme.

Il regarde mes bras en hochant la tête.

— J'ai lu votre dossier. Corps d'acier et tête bien faite. Vous pourrez tenir le coup.

— Jusqu'à quand ?

— Jusqu'au bout, Giordano. Vous êtes trop malin pour faire l'erreur de vous dresser contre votre nouvel environnement.

J'ai l'impression d'être revenu dans la salle d'armes de maître Tornatore. Ce salopard se bat comme lui. Il me tient à distance sans chercher à toucher.

— C'est exact, je n'en ai pas l'intention…

J'hésite avant de continuer. Pas par ruse, mais parce que j'ai vraiment besoin de lui et qu'une fausse ouverture peut tout gâcher.

— J'ai décidé de plaider coupable, de tout avouer et de purger ma peine sans histoires.

— Vous avez le moyen de faire autrement ?

— Vous avez loupé votre vocation, mon vieux, je fais en éclatant de rire. J'ai connu un tas de flics coriaces, mais le plus dur l'était moitié moins que vous. Je vous parle d'avouer mes fautes et vous me renvoyez dans les cordes…

— Répondez-moi, Giordano. Est-ce que vous avez le moyen de faire autrement ?

— Difficile à dire. Mon avocat prétend que le réseau de preuves est plein de trous, mais je le soupçonne de vouloir gagner du temps et...

— Et c'est pas votre genre de jouer les dindons de la farce, continue-t-il froidement. Votre plan, c'est de tout avouer et de balancer vos complices contre une peine allégée...

Il se lève et se dirige vers la porte.

— ... Désolé, mon vieux, mais je ne vois vraiment pas ce que je peux faire pour vous. Si vous aviez la moindre idée de ce que peut être ma vocation, je vous expliquerais la différence entre la justice de Dieu et celle des hommes, mais je crois vraiment que c'est inutile.

Je me lève d'un bond avant qu'il ne frappe pour appeler le gardien.

— J'ai connu quelques types dans votre genre, je fais en me collant contre la porte. Un instituteur, deux ou trois profs et même un curé. Ils avaient tous les moyens de m'arrêter à temps, mais ils étaient tous trop foutument vaniteux pour mettre un seul pied en dehors de leurs foutus principes. Ils faisaient leur boulot comme vous. Mal.

Il revient s'asseoir et je me demande soudain s'il a vraiment eu l'intention de partir.

— Et en quoi le faisaient-ils mal ? il demande.

— J'en sais rien… C'est justement ce que je cherche à trouver.

— Comment ?

J'évite de le regarder. J'ai trop peur qu'il voie la bouffée de triomphe qui me vasodilate d'un seul coup.

— J'ai commencé à écrire l'histoire de ma vie, je dis en désignant le cahier ouvert sur ma table. J'ai juste besoin d'un peu de temps… et de secret. Les gardiens sont déjà au courant et j'ai l'impression que ça commence à se savoir dehors.

— Vous avez peur ?

— Seulement de ne pas avoir le temps de finir, mais vous n'êtes pas obligé de me croire.

— Je vous crois, mais je vous croirai encore plus quand j'aurai lu.

Je lui donne le cahier. Pendant qu'il lit, j'essaye de penser à autre chose.

— OK pour moi, dit-il en me rendant le cahier. Je vais demander au directeur de vous permettre d'écrire dans la bibliothèque et d'y laisser votre prose.

— Au secret ?

Il hausse les épaules et va frapper à la porte.

— Contentez-vous de ce que vous pouvez obtenir. Ça vous changera et ça vous aidera sûrement à finir.

Un jour l'usine de caravanes a fermé. Le groupe financier qui en était propriétaire décida soudain qu'elle n'était plus rentable et, malgré un carnet de commandes bien rempli, mit purement et simplement la clé sous la porte. Au lieu de chercher du boulot tant qu'il en était encore temps, mon père prit la tête du comité de grève et occupa l'usine avec une poignée d'allumés dans son genre. Les gauchos de la fac de lettres leur apportèrent immédiatement leur soutien et mon paternel fut bien obligé de traiter avec ces étudiants qu'il détestait depuis Mai 68. L'usine se couvrit de banderoles vengeresses, pendant que des groupes d'étudiants parcouraient les rues de Nice en collectant de l'argent et des vivres pour les grévistes. La presse en fit ses choux gras, le PC et la CGT désapprouvèrent le mouvement et mon père se retrouva hissé au rang de héros prolétarien national par l'ensemble des groupuscules gauchistes qui se disputaient son adhésion.

Les propriétaires de l'usine, eux, se contentèrent de laisser pourrir la situation en recasant au coup par coup les ouvriers qui avaient fermé leur gueule.

Coupé en morceaux par ses contradictions, mon père se mit à péter sérieusement les plombs. Il passait son temps dans la boîte occupée, oubliait de plus en plus souvent de rentrer à la maison et finit par coucher avec une grande brune anarchiste, pour la plus grande joie d'un magazine national qui publia une photo torride du couple sous le titre : ÉTUDIANTS/OUVRIERS : ENFIN L'UNION !

Trois mois plus tard, le mouvement partait en brioche et mon père se retrouva sur le carreau, définitivement grillé dans toutes les entreprises de la région, viré du Parti et en butte à de sérieuses difficultés conjugales.

Je crois sincèrement que ma mère aurait pu lui pardonner son faux pas si la grève avait rapporté quoi que ce fût de positif. Les femmes aiment les vainqueurs, et elles ne sont disposées à panser les plaies des vaincus que dans la mesure où leur honneur est sauf. Dans le cas contraire, elles les soignent avec la douceur d'une ruade d'âne corse. Ma mère assura le coup comme une reine vis-à-vis de l'extérieur mais, dans l'intimité de la famille, elle ne perdit jamais une occasion de faire sentir à mon père qu'il avait merdé bien au-delà du raisonnable.

Le pauvre type ne s'en remit jamais complètement. Privé de boulot et d'autorité paternelle, il attendit la retraite en bricolant au noir, essayant vainement de reconquérir le cœur de sa belle en se tenant à l'écart des bistrots ce qui, pour elle, n'était que la moindre des choses.

Je pense encore maintenant qu'il aurait dû devenir franchement alcoolique, franchement cavaleur, franchement révolutionnaire ou franchement n'importe quoi plutôt que franchement rien du tout.

J'ai essayé successivement de le défendre, de le plaindre et de le détester, mais je ne suis jamais arrivé qu'à l'aimer en souvenir des années passées, comme on aime un vieux truc sans importance planqué dans un tiroir dont on a perdu la clé.

Trop jeune pour comprendre vraiment ce qui s'était passé, ma sœur continua à l'adorer et se mit peu à peu à me prendre pour un monstre.

En y repensant aujourd'hui, je dois quand même reconnaître qu'il joua le jeu avec pas mal de panache. En l'épousant, il avait promis à ma mère qu'elle n'aurait jamais besoin de travailler et, contre vents et marées, il tint sa promesse. Diaboliquement adroit de ses mains, il se débrouilla pour gagner plus d'argent au noir qu'il n'en avait gagné comme prolo. Quand on lui demandait pourquoi il ne s'établissait pas régulièrement à son compte, il haussait les épaules sans répondre, mais tout le monde savait que c'était une question de ressort, et que celui de Raymond Giordano avait été définitivement cassé par son coup de sang pour la révolution et une grande brune de 20 ans.

Ma mère aurait sans doute pu l'aider, mais elle préférait le garder à sa botte, sobre, fidèle, repentant et dans un état de précarité absolue.

Bien que l'argent rentrât régulièrement et que les loyers fussent payés sans retard, l'Office des HLM nous mit à la porte de Bon Voyage pour défaut de revenus officiels, et nous recasa dans un taudis pour immigrés tout au bout de l'Ariane. En fait, c'était une vacherie d'un ancien camarade de mon père qui n'avait pas supporté son épopée gauchiste et amoureuse.

La famille déménagea sans mot dire vers l'est de la ville, dans un groupe d'immeubles décrépis peuplés de familles arabes et chauffés par des canalisations d'air chaud qui venaient directement de l'usine d'incinération d'ordures. « Ni tuyaux ni radiateurs, nous dit le type des HLM. La chaleur arrive par les murs sans risque de panne… »

Comme les murs étaient plus fissurés que le moral de mon père, l'appartement sentait plus fort qu'une benne à ordures sans qu'on ait le choix d'opter pour un froid vif mais sain.

Nous ne sommes restés qu'un hiver dans ce cloaque, mais j'ai eu le temps d'y développer une haine farouche pour les gauchistes, les communistes et les Arabes.

Je venais d'entrer en troisième. Norbert avait depuis longtemps quitté l'école et sa famille pour vivre à fond d'expédients divers, mais tous crapuleux. Il s'était mis en ménage avec un cinglé plus dangereux qu'une vipère à tête plate qui dealait toutes sortes de dopes et de coups tordus. On se voyait moins souvent, mais il fréquentait encore épisodiquement la salle où je continuais à apprendre méthodiquement à me battre. Je passais les ceintures d'aïkido et de karaté avec autant d'aisance que les examens de passage en classe supérieure, et je régnais sans partage sur une cour de crétins prêts à tout pour me plaire. Je commençais aussi à m'emmerder ferme.

— Tu sais qui c'est le type qui vous a fourrés dans ce trou ? me demanda Norbert, un jour où il faisait si froid que je préférais rester dehors à me les geler plutôt que d'aller rejoindre mon fond de poubelle.

— Un peu que je le sais, j'ai dit. Je sais même où il bosse...

— Et alors ? a fait Norbert avec son petit sourire tranquille.

Le lendemain, il m'attendait devant le collège dans une voiture volée.

On a suivi le type pendant trois jours, histoire de bien connaître ses habitudes, et on l'a coincé à la sortie du bistrot où il se tapait une petite belote avant de rentrer. Norbert l'a laissé prendre un peu de champ avant de lui couper la route sous le pont de l'autoroute. Le type est sorti pour gueuler et je lui ai cassé le nez d'un seul coup de poing. Il pissait le sang comme un porc quand on l'a foutu sur la banquette arrière et Norbert lui en a collé encore deux sévères parce qu'il salissait les sièges.

— C'est pas parce que c'est une voiture volée qu'il faut se comporter comme un dégueulasse, il a fait en rigolant avant de démarrer.

Le type était déjà sérieusement sonné quand on s'est garés devant l'usine d'incinération d'ordures de l'Ariane. Il ne pouvait plus respirer par le nez et les châtaignes de Norbert lui avaient foutu les lèvres en marmelade. On l'a sorti de la voiture en le tirant par les pieds. Sa tête a cogné contre le macadam en faisant un drôle de bruit creux.

— Il est à toi, à fait Norbert en s'appuyant contre la voiture.

Le type m'a reconnu tout de suite. C'était un de ceux qui venaient souvent à la maison quand mon père était encore quelqu'un. Sans prendre d'élan, je lui ai collé ma godasse en pleine gueule. C'était comme à la salle, sauf que j'avais pas eu besoin de retenir mon coup. Il est tombé en arrière et je l'ai remis debout en faisant gaffe à pas me tacher.

— Tu sais pourquoi on est là tous les deux ? j'ai demandé.

Il a fait oui de la tête.

— Faut que ça change, et pas dans vingt ans si tu vois ce que je veux dire ?

Il a refait signe que oui. J'aurais pu en rester là, mais j'avais trop aimé ça pour arrêter tout de suite. J'ai cogné encore deux fois, juste pour le plaisir.

— Pense à tes vieux, rigola Norbert. Ça serait con d'avoir fait tout ça pour rien.

Il a sorti son couteau, a ouvert le pantalon du type et a pris son paquet d'une main pendant qu'il lui baladait la lame dessus de l'autre.

— Si tu l'ouvres, on revient te couper les couilles, Ducon, il a dit. C'est aussi simple que ça.

Ce fut aussi simple que ça. Le type n'a jamais rien dit à personne. Deux semaines plus tard, la famille déménageait dans les HLM du haut de La Madeleine.

5

Le curé a tenu sa promesse. J'ai un peu de mal à travailler au milieu de tous ces livres, mais mon manuscrit reste planqué dans un tiroir fermé à clé.

Le bibliothécaire est un petit vieux très gentil, un promoteur juif condamné à trois ans pour escroquerie. Il a foutu des tas de familles honnêtes sur la paille, mais toute l'administration lui fait des grâces, comme s'il était juste là pour passer des vacances. Il aide les matons à tenir leurs comptes, en fin d'année il rédige les déclarations de revenus du directeur et des cadres.

— Je suis bien mieux là que dehors, il m'explique en cherchant à lire par-dessus mon épaule. Je pourrais avoir autant de permissions de sortie que je veux, mais j'ai plus personne dehors et je baise plus depuis longtemps…

Je crois surtout qu'il a la trouille de se faire écharper par les gens qu'il a plumés.

— Si j'étais à leur place, tu serais déjà mort, je lui dis, et ne t'avise jamais plus d'essayer de lire ce que j'écris. Je suis plus à un cadavre près.

Il se marre, mais il se tire sans insister.

J'ai quand même eu la trouille pendant un bon moment. La trouille que le type finisse par parler, bien sûr, mais aussi celle du sentiment de pouvoir que la violence m'avait donné. J'avais sauvé ma famille du déshonneur, j'avais racheté les faiblesses de mon pauvre débris de père, j'étais devenu, de fait, le chef du clan, mais la monstrueuse facilité de mon acte me condamnait au silence.

La nuit, je revoyais la gueule du type et la perfection de mes gestes. Je sentais sa chair céder sous mes coups, j'entendais le bruit sec de l'os du nez et celui, plus mou, de la viande et je m'endormais en rêvant de la tranquille assurance des samouraïs de Kurosawa.

Le nez enfoncé dans son désarroi, mon père ne voyait rien. Culpabilisé à mort par sa faute et la fureur froide de sa femme, il assurait le quotidien comme un esclave décérébré. Ma mère, elle, savait. Sans le moindre commencement d'une preuve ou d'un indice, malgré mon attitude à la maison et mes résultats scolaires, elle savait. C'est en l'observant me démasquer tout doucement que j'ai appris à me méfier de l'intuition quasi divi-

*natoire des femmes. De celles qui vous aiment,
s'entend, car malgré ce qu'elle lisait en moi, ma
mère ne cessa jamais de m'aimer et ce fut certainement cet amour qui me retint longtemps au
bord du précipice où je finis par basculer.*

*Les années n'avaient aucune prise sur ma
mère. Elle était (elle est toujours) de ces femmes
que le temps enguirlande sans cesse de beauté
supplémentaire comme pour faire sentir aux
autres que la justice et l'égalité ne seront jamais
que des utopies pour consoler les faibles, les pauvres et les laids. Son mépris pour mon père s'arrêtait à la ruelle du lit conjugal et j'enrageais de
les entendre s'aimer comme si, la nuit, mon père
était redevenu le héros sans tache qui l'avait
enlevée à sa famille de petits-bourgeois toscans.
Je pris l'habitude d'aller les regarder faire l'amour.
Je restais à lire et à travailler jusqu'à ce qu'ils
commencent à gémir et je me glissais jusqu'au
trou de serrure de leur chambre. Il était juste en
face du lit éclairé par une lampe de chevet sur
laquelle ma mère posait un châle qui cassait la
lumière et donnait à la scène la précision trou-
blante d'un film de Buñuel. Trop ému pour oser
me branler, je regardais ma mère caresser et
sucer l'énorme pieu de mon père avant de s'écar-
teler pour l'engloutir tout entier d'un mouvement
souple du bassin. Le lendemain, en servant le
petit déjeuner, elle passait sa main entre les*

jambes comme pour dire : « C'est de lui que mes lèvres sont encore gonflées. C'est lui qui me baise, branleur. C'est lui qui me fait jouir... et t'as plutôt intérêt à ne pas l'oublier. »

C'était si émouvant, si spectaculaire, que j'ai fini par comprendre que la mise en scène m'était destinée. Je crois que sans elle, j'aurais poussé la folie et l'orgueil jusqu'à chercher à remplacer mon père, y compris dans le lit de ma mère.

J'ai compris, mais je n'étais pas pour autant disposé à abandonner le terrain en vaincu. Avant de cesser mes séances de mateur, j'ai invité ma sœur au spectacle. Je ne savais pas vraiment ce que je faisais, mais je me doutais bien que ça ne pourrait faire que du mal, que je me vengeais d'un échec en semant le trouble dans l'innocence.

C'est pas si facile que ça d'être un salaud. Il y faut de la persévérance, une attention de tous les jours à scruter en soi ce qu'il y a de pire et à s'y conformer. En relisant ce que j'ai écrit, je me rends compte que je me suis fait tout seul et que rien dans ma famille ni dans mon éducation ne me prédisposait à devenir un objet de réprobation quasi général. Aux États-Unis ou dans n'importe lequel des pays du monde où sévit la peine de mort, je serais bon pour la corde, la chaise, la hache ou l'injection mortelle. Le plus marrant, c'est que j'ai toujours milité en faveur du rétablissement de la peine capitale et, bien que l'on puisse penser que ma position actuelle soit de nature à entacher mon jugement, j'y suis toujours favorable. Je ne regrette rien. Je me suis juste fait prendre. *Malheur aux vaincus !* comme disait l'immense Vercingétorix…

Je lève la tête vers le soleil qui entre à flots dans la bibliothèque. Les bruits de la prison ne me parviennent qu'assourdis par les rangées de livres. J'ai l'impression que le temps s'est arrêté pour me permettre d'avancer en marche arrière vers la connaissance. Je suis bien. Le vieil escroc me mate du coin de l'œil. Il est en train de lire Shakespeare et je le soupçonne d'envier mes propres tourments. Que sont les violences de Macbeth et du Roi Lear en regard des miennes ? Des fatalités de papier, des meurtres et des passions de génie en chambre…

J'ai toujours eu horreur des cons. Toute ma vie, je me suis surveillé pour donner de moi l'image d'un être supérieur. Je crois que j'y suis parvenu. Ça n'a pas été facile. Il m'a fallu naviguer avec précision sur l'étroite frontière qui sépare l'orgueil de la vanité. Savoir se taire pour ne parler qu'à bon escient n'est pas donné à tout le monde et j'ai encore le souvenir cuisant de quelques-uns de mes échecs en la matière. « L'intelligence ne se juge pas aux erreurs, mais à la capacité de les comprendre et de les rectifier. Pensez-y, Giordano. Ça vous évitera peut-être de sombrer dans le désespoir », disait un des profs, celui que j'ai le plus haï pour son acharnement à me mettre le nez dans ma merde chaque fois qu'il en avait l'occasion.

Malheureusement, ce génial enfoiré est mort avant d'avoir pu constater combien j'avais profité de ses conseils.

En avançant en âge, j'ai aussi compris que la force physique était sans effet sur certains êtres, qu'elle pouvait même passer pour une manifestation de faiblesse et qu'on peut casser le nez d'un type sans gommer le mépris dans ses yeux. Tout l'art consiste à distinguer très vite ceux qu'il faut cogner de ceux qu'il faut séduire autrement (j'ai toujours considéré que la violence bien maniée est, dans certains cas, une technique de séduction parfaitement efficace).

En fait, c'est à la violence (ma violence) que je dois mon impardonnable erreur de parcours. Sans elle, j'avais tout pour devenir un de ces maîtres du monde qui décident des destins et brisent les carrières sans jamais mettre les mains dans le cambouis. J'aurais pu me contenter de n'être que beau et intelligent, mais il a fallu que je devienne aussi le plus fort, le plus rapide, le plus impitoyable. Il me fallait régner absolument, asservir

les faibles, terroriser les costauds, frapper et faire
mal sans avoir l'air d'y penser, sans jamais quit-
ter ce sourire moqueur qui faisait plus pour ma
gloire que les jets de sang, les chairs meurtries ou
les os cassés.

En y repensant aujourd'hui, je comprends que
la vanité m'avait rattrapé là où je ne l'attendais
pas. Sûr de moi, mais prudent sur le plan de l'in-
tellect, j'ai succombé aux vertiges de la puis-
sance physique sans voir ce qu'elle impliquait de
fatalité.

Me de Ferasse n'a pas l'air heureux. Moi non
plus, sans doute. Il vient de m'arracher aux silen-
ces de l'introspection et j'ai bien failli refuser
de le recevoir.

— Vous pourriez prendre rendez-vous,
merde ! je dis avec mon sourire le plus sarcastique. J'ai pas que ça à foutre…

— Je ne vous comprends pas, Giordano, il fait
d'un ton geignard. Nous faisons tout pour votre
défense et vous agissez comme si vous étiez seul.

— Nous ? Vous n'êtes pas encore dans le pré-
toire, maître.

Il se trouble, rougit comme une fille.

— Vous savez bien ce que je veux dire, bal-
butie-t-il en regardant autour de lui, comme
pour chercher un micro.

— Pas vraiment. J'ai agi seul et contre l'avis du Parti qui m'a exclu très vite et très officiellement. Vous vous en souvenez, non ?

Un ange gros comme un B-52 passe dans la petite pièce. Je peux presque voir les rouages de la cervelle du baveux fonctionner. Ils pédalent vite, mais bien moins que les miens.

— Peu importe, fait-il avec un petit geste de la main. Vous auriez dû me prévenir avant de parler au juge. Je vous ai déjà dit que son dossier n'était pas assez solide et qu'il fallait vous en tenir à votre alibi.

— Mais je m'y tiens, maître. Je m'y tiens comme le fou se tient au pinceau quand son copain retire l'échelle.

Ça ne le fait pas rire. Moi non plus. Nous savons tous les deux que mon alibi est aussi foireux que la parole de ceux qui me le fournissent.

— Il n'empêche qu'en disant au juge que vous voulez réfléchir, vous laissez entendre que vous pourriez plaider coupable. Convenez avec moi que c'est absurde.

Je ne dis rien. Je le laisse convenir tout seul et ce qu'il en tire ne lui fait manifestement aucun plaisir.

— C'est comme votre histoire de vous faire enfermer dans la bibliothèque pour écrire je ne sais quel roman…

— Comment le savez-vous ? je le coupe d'une voix très douce.

Il se mord les lèvres en rougissant. Ce con est si mauvais que c'en est presque trop facile. Dommage qu'aucun de mes ennemis n'ait besoin d'un avocat, j'aurais adoré lui fourguer le mien.

— Qui vous a dit que j'écrivais un roman et que je le faisais dans la bibliothèque ? je répète.

— Je ne sais pas moi, il bredouille. Le directeur sans doute… Quelle importance, de toute façon ?

— Aucune, je dis en me levant, sauf que c'est ma vie que j'écris et que, désormais, je suis le seul à avoir la clé du tiroir.

Je cogne à la porte pour appeler le maton.

— Vous en êtes où pour mes parents ? je demande. J'ai besoin d'eux pour éclaircir certains points encore obscurs.

Sa réponse se perd contre la paroi de la porte qu'on referme. Je m'en fous. Maintenant, c'est mes questions qui comptent.

À la fin de ma seconde, je suis parti seul en vacances. J'avais dit à mes parents que j'allais faire le tour des musées d'Europe en stop, mais c'est sur la bécane de Norbert que je l'ai fait. Il avait juste 18 ans et il venait de se payer une Harley grosse comme un cuirassé. Son pote Max chevauchait une vieille BSA qu'il avait customisée comme dans les films de Corman et dont il avait gonflé le moteur jusqu'à la limite. Chaque fois qu'il ouvrait les gaz à fond, les gens levaient la tête pour apercevoir le putain de Spitfire qui volait si bas.

Max était un salopard gros et crasseux qui fonctionnait à la bière, aux amphets et à la tequila. Il n'avait jamais foutu les pieds aux States, mais il se comportait comme s'il avait reçu l'investiture suprême des Grands Conseils des Hell's et du Klan. Plus inculte qu'un lopin de désert, il était aussi mauvais et rusé qu'il en avait l'air, et je peux vous dire qu'il fallait être cinglé pour aller chercher à vérifier. Norbert lui avait bien sûr parlé de notre rencontre. Depuis, il matait mon cul comme une terre promise. Je l'avais toujours évité au maximum, tout en sachant que je ne pourrais pas continuer à fréquenter Norbert sans être obligé de marquer fermement mon territoire. Norbert le savait aussi. Il attendait juste que ça arrive avec le flegme amusé qu'il mettait toujours à attendre l'inévitable.

Le premier soir, dans un hôtel minable de la région d'Auxerre, je me suis couché sans manger ni me déshabiller. Je sentais encore les vibrations de chacune des pièces de la machine et j'avais le dos et les fesses plus raides que si j'avais fait le chemin assis directement sur la route.

— T'es trop chiffon pour me faire jouir, chérie,

a ricané Max. *Tu peux dormir tranquille, je baise jamais des animaux morts.*

Norbert s'est contenté de sourire. Ils ont sniffé une ou deux lignes de leur Ajax en poudre avant d'aller se faire voir ailleurs.

Cette nuit-là, j'ai eu un mal fou à m'endormir.

Le lendemain, j'aurais bien voulu qu'on s'arrête à Paris, mais Max et Norbert y avaient encore quelques casseroles trop fraîches pour qu'on tente le coup. « *Des mecs qui se croyaient plus malins que des bouseux du Sud,* m'expliqua sobrement Norbert. *On y reviendra, mais vaut mieux attendre que ça se tasse.* »

On est donc passés au large du Louvre, d'Orsay et de tout un tas d'autres trucs que je m'étais promis de découvrir. La direction du voyage m'échappait complètement, j'avais mal partout, j'étais d'une humeur de chien.

J'ai fait la gueule jusqu'à Bruxelles. Même le passage de ma première frontière n'arriva pas à me dérider. Accroché derrière Norbert, je me faisais l'effet d'être un vulgaire bagage, un gamin qu'on baladait comme un ballot. En fait, c'est précisément ce que j'étais. La seule place qui vaut quelque chose en moto, c'est derrière le guidon et malgré ma frime, mon bandana et mes cheveux au vent, j'avais l'air d'une putain de gonzesse assise derrière son mec. C'était bien L'Équipée sauvage, *sauf que j'avais pas vraiment été gâté dans la distribution des rôles.*

Bruxelles m'a un peu consolé. Difficile de faire la gueule dans une ville qui ressemble à un concert de rock. On a paradé dans le centre en faisant sonner la mécanique à fond de tuyaux avant de se garer devant un bistrot bourré de mecs dans notre genre. Une dizaine de bécanes était rangée en épi devant l'entrée et une poignée de tatoués est sortie voir ce qui faisait autant de boucan. Max et Norbert ont joué le coup comme des chefs. Quand on est descendus, nos deux machines étaient alignées comme à la parade : roues arrière collées au trottoir et guidons inclinés dans le bon sens. Marrant comme l'esthétique arrive toujours à se frayer un chemin dans le cœur des brutes. Ces types, capables de découper en rondelles une mère et son nouveau-né, étaient émus aux larmes par deux tas de ferraille garés correctement.

Encore une leçon que je n'allais pas oublier.

À l'intérieur, le niveau sonore était tel que j'ai immédiatement abandonné l'espoir de toute pensée cohérente. Les chopes de bière circulaient dans le brouillard des clopes qu'un rock épais comme du cambouis faisait vibrer en vagues à la fois épaisses et impalpables. Tout le monde gueulait sans écouter personne. Ça ressemblait à une messe tonitruante pour autistes sourdingues, un rituel où une cinquantaine de masturbations solitaires aurait remplacé la communion des esprits.

J'ai tout de suite adoré ça. Je me suis laissé flotter sur la vague en faisant semblant de picoler les seaux de bière que Max me refilait sans me demander mon avis. Il avait manifestement l'intention de me saouler, mais ce gros con buvait lui-même beaucoup trop pour s'apercevoir que je laissais traîner mes verres pleins jusqu'à ce qu'un autre pochetron les vide à ma place. Norbert se marrait sans rien dire. Il savait que Max avait loupé sa chance le premier soir et que je n'étais pas du genre à lui en laisser d'autres.

Ça m'était d'autant plus facile que j'adorais déjà rester sobre dans une assemblée de défoncés. C'était comme si je demeurais seul aux commandes d'un navire que je pouvais balancer contre un iceberg et le regarder couler du haut de la chaloupe où je me serais réfugié. Seul maître à bord après le Dieu des vieilles et des faibles… J'en avais fait l'expérience enivrante un soir où j'avais moi-même appelé les flics pour me débarrasser d'une bande de potes bourrés de gnôle et de shit que je commençais à trouver franchement emmerdants. Ça se passait dans l'appartement du dealer en titre du bahut, un bougnoule qui croyait que vendre du chichon lui donnait rang de caïd, et, planqué de l'autre côté de l'avenue, j'avais suivi la rafle jusqu'au bout avant de rentrer chez moi en chantonnant dans les rues vides.

C'était comme ça que je me sentais, ce soir-là, dans ce troquet à bikers de Bruxelles. Je titubais et braillais comme les autres, je faisais semblant de me rattraper aux branches alors que, plus solide que le tronc lui-même, je regardais les durs tomber comme des feuilles.

— Amène-toi, beauté, m'a soudain chuchoté Max.

Il tenait à peine debout et je me suis dit que ça allait être trop facile.

— Où ça ? j'ai demandé avec un sourire enjôleur.

— À la chasse, il a fait en clignant de l'œil.

On s'est retrouvés une dizaine dehors. Norbert m'a fait signe de grimper sur l'Harley et on est partis. Je me suis dit qu'on allait se ramasser au premier virage, mais les motos avaient l'air de se foutre complètement de l'état de leurs pilotes. La BSA de Max avait bien un peu tendance à s'avachir dans les courbes, mais il la remettait d'aplomb d'un coup de botte et on s'est tous retrouvés dans un petit parc désert, autour d'un banc où Max et Norbert se mirent à tracer des lignes de poudre blanche à coups de lame de rasoir. Je n'avais jamais encore pris de speed. En fait, à part quelques bouffées de pétards, je m'étais soigneusement tenu à l'écart de la dope. J'ai pris mon tour en queue de distribution en cherchant un moyen d'y couper mais, quand mon tour est venu, je n'avais toujours rien trouvé. Max ne m'a laissé aucune chance. À moins de le dégommer sur place et de rentrer chez moi en courant, j'étais bon. J'ai fermé les yeux et j'ai sniffé. Quand je les ai rouverts, mes sinus me faisaient un mal de chien et la nuit scintillait comme si je la regardais du cœur même des étoiles. Les rebords du monde étaient nets, aussi tranchants que la compréhension que j'en avais et que je lisais dans les regards, soudain désertés par l'ivresse, de mes compagnons. J'ai senti mes maxillaires se serrer et tout le monde a rigolé quand j'ai demandé une cigarette.

— J't'aime mieux comme ça, rigola Max.

Je lui ai souri gentiment. Sûr de lui, aussi ragoûtant qu'une platée de mou de veau, le pauvre crétin minaudait sans se douter que s'il avait tenté le moindre geste, je lui aurais déchiré la gorge avec mes dents.

Max nous a resservi une tournée de speed et, quand on est repartis, tout le monde roulait droit ; je pouvais presque entendre les mâchoires grincer sous les casques.

On a débusqué le Turc, un gamin qui rentrait chez lui beaucoup trop tard, du côté de la Chaussée d'Ixelles. Pris dans les phares des motos, il nous a regardés arriver comme un lapin surpris sur une route de campagne. On a tourné autour de lui en le poussant à petits coups de roues jusqu'à l'épingler contre le vantail d'une porte cochère. Ça ressemblait à un congrès de chats monstrueux se partageant la dernière souris de la création. J'ai rigolé avec les autres, mais je me demandais si mes sphincters allaient supporter que je me décolle de la selle.

— Je crois qu'il est pour toi, a murmuré Norbert.

J'ai rien dit. J'ai regardé Max descendre de sa bécane et marcher vers moi. Je me souviens de la lune comme d'une touffe de lumière dans la nuit bleue.

— Il est pour toi, a fait Max en me glissant son couteau dans la main.

Je me suis levé avec l'intention de l'éventrer, mais c'est vers le gosse que je me suis dirigé. L'odeur de sa sueur m'arrivait en bouffées âcres. Il n'avait plus peur, pourtant. Ses yeux avaient déjà basculé de l'autre côté, son ventre était raide dans l'attente du coup.

— Regarde bien, Max, j'ai fait sans quitter le gosse des yeux.

Et j'ai frappé droit devant moi, comme quand on joue le rôle de l'attaquant dans une séance d'aïkido. Un coup au ventre, l'autre au cœur.

6

J'attends Corniglion en piaffant devant la porte de ma cellule. Plus d'une heure que ce salaud aurait dû venir m'escorter jusqu'à la bibliothèque. Je sais qu'il n'a pas supporté de voir mon cahier lui passer sous le nez, je sais aussi qu'il va tout faire pour me supprimer ce passe-droit. Les fuites viennent sûrement de lui, mais je me demande s'il s'est juste contenté de parler à tort et à travers. Il est le mieux placé pour me surveiller et les autres doivent commencer à être sérieusement inquiets.

Je l'entends trifouiller la serrure et je vais m'asseoir sur le lit.

Il a sa gueule des mauvais jours. Je baisse les yeux et je me lève d'un bond. Ils aiment tous ça, même les plus cools. Il regarde mon lit dans tous les sens, mais il ne fait pas le poids contre le sergent des paras qui m'a appris à faire un *lit au carré.*

— Désolé pour le retard, il grince. J'avais oublié qu'on hébergeait Balzac.

— J'ai tout mon temps, chef, je dis le plus platement possible.

— J'espère pour toi que t'as raison... Assieds-toi... Faut qu'on parle.

Il s'installe en face de moi. Il prend son temps. Je me dis qu'il n'a rien trouvé de mieux pour me faire perdre le mien et j'essaye de penser à autre chose. Aux bruits de la ville que je n'entends plus depuis si longtemps...

— J'ai vu tes parents, il finit par lâcher.

Merde ! C'était pas de ce côté que j'attendais le coup. J'ai un mal fou à résister à l'envie de l'écraser contre le mur.

— J'y suis allé hier soir... J'ai connu ton père quand il était encore au Parti... Moi, j'y suis toujours.

Je me décide à le regarder. Il a l'air préoccupé d'un oncle venu gourmander son garnement de neveu.

— Ils vont bien ?

Je ne peux pas en dire plus sans trahir le tremblement de ma voix.

— Ils se font du souci pour toi, si c'est ça que tu veux dire...

Du souci ! Je ne les ai pas vus depuis dix ans et ce crétin vient me parler de souci !

— C'est gentil de votre part, chef, je dis en fixant mes godasses. Vous n'étiez pas obligé de le faire.

— C'est toi qui m'y as obligé. Je leur ai parlé de ton *roman*. Ils ne trouvent pas que c'est une bonne idée de remuer toute cette merde.

Mon regard croise le sien et je sens sa peur m'arriver par vagues. Il crève d'envie que je le cogne. Il est venu pour ça, il a même laissé la porte grande ouverte, mais il se demande maintenant si le prix à payer n'est pas un peu trop lourd.

— Si vous y retournez, dites-leur que je les aime, chef, je fais d'une voix douce. Dites-leur aussi que je les attends pour en parler.

— Pour parler de quoi ? il gueule. De la façon dont une honnête famille communiste a accouché d'un tueur fasciste ?

Il s'est levé. La rage travaille son visage déjà vultueux de buveur de pastis.

— Attends au moins d'être jugé, putain ! Ils n'ont rien contre toi. C'est ton avocat qui me l'a dit...

Il aurait bien voulu s'arrêter avant, mais c'est trop tard. Je le regarde en souriant. C'est fou ce que les cons sont faciles à vivre.

— Demandez-leur de venir me voir, chef, et merci pour tout ce que vous faites.

Mes mains tremblent encore quand j'arrive enfin dans la bibliothèque.

— *Je garde ton couteau, Max, j'ai dit en le regardant droit dans les yeux.*

Il a hoché la tête sans rien dire et j'ai su qu'il venait de faire une croix définitive sur mon cul.

Merde ! j'avais tout juste 16 ans.

J'ai quitté Max et Norbert à Amsterdam pour les jolis yeux d'une gamine de 15 ans.

Après une randonnée de près de deux mille bornes derrière deux centaures puant le cambouis, la sueur et la crasse, le sourire évanescent d'Erika me chamboula sitôt que je le vis dans la pénombre du Phono Bar, *un troquet pour routards chevelus dans lequel nous étions tombés par hasard.*

Comme à Bruxelles, la salle semblait sombrer dans un océan de fumée et de guitares amplifiées et, dans la sombre clarté qui tombait des ampoules crasseuses, je me crus d'abord revenu dans l'enfer pathétique pour débiles à deux roues des bikers. Max et Norbert aussi, qui investirent l'endroit bruyamment sous le regard soudain méprisant des enfants de Kerouac et Ginsberg. Ils avaient presque tous les cheveux longs et les bras maigres, mais ils étaient un sacré paquet à nous mater comme une giclée de merde sur un drap nuptial.

— On se tire... C'est infesté de babos, fit Norbert en me tirant par le bras.

Max faisait ce qu'il pouvait pour troquer son sourire de soudard contre une moue méprisante mais, aussi pauvre en expressions qu'en cellules grises, il ne parvint qu'à exprimer sa trouille. Assise au bar, Erika ne semblait voir que moi.

— Tous aux abris... ! gueula un géant viking dont l'énorme torse nu luisait sous un gilet de peau. V'là les Bourricots de l'Enfer...

Toute la salle s'est mise à rigoler. Max a esquissé un mouvement de tango — deux pas en avant, trois en arrière — vers le Viking avant de filer sans nous attendre.

— J'ai l'impression que tu restes, a fait Norbert en suivant mon regard.

Je suis resté, bien sûr. Ma jeunesse et la cascade de cheveux blonds qui dégringolait le long de mon visage d'ange me servirent de passeport, mais ce fut le spectacle de notre étincelant coup de foudre qui chavira les cœurs de midinettes des poètes décavés du Phono Bar. Raide d'amour, je suis allé me planter devant elle et, pendant que je cherchais quelque chose à dire, elle se haussa sur la pointe des pieds pour me donner le baiser le plus savoureux, le plus chaud et le plus innocent de ma jeune carrière de cynique chevronné.

Nous fûmes immédiatement sacrés amoureux de l'année par l'assistance ravie, le barman épingla un Polaroïd de notre baiser au-dessus de ses bouteilles de gnôle et, si le Phono Bar existe toujours, je suis sûr que la photo y est encore.

Erika vivait dans une péniche abandonnée sur le Singel. Elle avait quitté Hambourg et sa famille depuis plus d'un an et parlait français depuis sa naissance. « Chez nous les bourgeois parlent français pour passer pour des aristos, m'expliqua-t-elle pendant que, collés l'un à l'autre, nous marchions le long du canal. Je ne le regrette pas aujourd'hui, mais c'est quand même pour des trucs comme ça que j'ai foutu le camp. »

C'est à peine si je l'écoutais.

Le fond de la péniche baignait dans l'eau croupie. Un chemin de planches menait à une plate-forme où Erika avait installé un lit de mousse et de châles indiens sur lequel veillaient deux chandelles parfumées. Pour un fils de militants communistes encore secoué par son premier crime raciste, ça ressemblait à une allégorie cauchemardesque de la décadence urbaine, mais j'étais bien trop amoureux pour voir autre chose que la transparence de sa peau, le bleu profond de son regard, la chaleur de miel de sa tignasse.

— Attends un peu, sourit-elle comme j'essayais de la coucher contre moi.

Et elle se mit à rouler un joint. Dans la lueur tremblotante des bougies, elle aurait pu servir de modèle à Vermeer.

Je suis resté un mois à Amsterdam. J'ai vu Vermeer, Van Gogh, Rembrandt et beaucoup d'autres. Je me suis baladé le long des canaux et sur le port. Je me suis assis sur le Dam pour fumer des joints en regardant passer les bourgeois avec le dédain affecté des compagnons de la route. Je me suis gavé de blues et de bière au Phono Bar *en aidant mes compagnons à rédiger des brûlots libertaires. J'étais amoureux d'Erika et prêt à tout pour la garder.*

En fait, j'aimais cette vie. Je me foutais totalement des discours et des théories de mes nouveaux potes, mais j'adorais leur intelligence, leur culture et leur façon désinvolte de jouer avec les idées comme si elles n'étaient qu'une suite inépuisable de feuilles tombant du ciel. Avec eux, je me sentais précaire, léger et éphémère comme une bulle de savon. J'avais bien essayé, au début, quelques-unes de mes stratégies de pouvoir, mais comment prendre la tête d'une bande de types qui cessent de vous prêter attention dès que vous commencez à les faire chier ?

J'étais peut-être en train de sombrer dans le bonheur. Allez savoir jusqu'où peut vous mener l'amour ?

Toujours est-il que Norbert ne m'avait pas oublié et quand j'ai vu deux des Belges avec qui j'avais tué le Turc tourner autour du Phono Bar, *j'ai compris que mes vacances étaient terminées.*

J'ai pris le train pour Nice sans chercher à revoir Erika.

J'ai mis du temps à oublier ma petite Alle-mande. Je me suis mis à fréquenter les babos et les anars du lycée, à piquer les disques de Bob Dylan dans les magasins, à hanter les concerts de blues et de rock. J'ai même acheté une guitare pour la plus grande joie de ma mère qui se mit soudain à envisager ma possible Rédemption.

Ce fut une période heureuse. Les filles m'aimaient et je passais de l'une à l'autre avec la légèreté d'un papillon qui change de fleurs sans jamais les fâcher. Je caracolais en tête de ma classe sans le moindre effort, les profs m'admi-raient, je rayonnais d'une grâce souple et fluide et le monde s'ouvrait à moi comme les cuisses blanches d'une femme encore belle. Je pensais toujours à mon Turc, bien sûr, mais sans violence, comme à un épisode nécessaire enfoui dans les souvenirs d'une autre vie. J'étais jeune, beau, intelligent, brillant, adulé de tous et de toutes et, telle une énorme cerise sur ce gâteau splendide, j'avais déjà exploré la transgression suprême à l'âge où les ados se branlent entre leurs draps.

Le soir, en m'endormant sur de nouveaux suc-cès, je n'étais pas loin de me prendre pour un dieu adolescent.

J'avais presque oublié son visage quand je le

vis un matin, épinglé au beau milieu du tableau de la classe de français. Personne ne comprit ce que faisait là cette photocopie d'un vieil article du Soir de Bruxelles qui relatait le meurtre odieux et vraisemblablement raciste d'un jeune Turc dans le quartier de la Chaussée d'Ixelles, mais je me souviens d'avoir senti mes tripes se serrer jusqu'à la colique. Il s'appelait Azul et, sur la photo, il souriait comme un gosse qui s'apprête à empoigner le monde.

Malade comme un chien, je suis allé m'enfermer dans les chiottes du lycée jusqu'à ce qu'un pion soupçonneux vienne me chercher pour me conduire à l'infirmerie.

— Tu le connaissais ce type ? fit-il avec un sale sourire.

— Non... Pourquoi voulez-vous... ? ai-je balbutié, avant de vomir un reste de bile et de salive.

— Pour rien. On se demandait juste ce qui t'avait mis dans cet état...

J'ai rien dit. Je me suis contenté de chercher à l'apitoyer en me tordant de douleur. En vain. Malgré mes efforts de séduction tous azimuts, ils étaient quelques-uns à ne pas m'aimer, et celui-là en faisait partie.

— T'es passé par Bruxelles pendant ton fameux voyage, non ? il a continué. T'aurais pu le rencontrer...

Mon fameux voyage ! J'avais bassiné le bahut avec ça pendant tout le semestre. Bruxelles, Anvers, Amsterdam, les bikers et les hippies, le speed et le hasch, Erika et sa péniche, je m'en étais vanté en long, en large et en travers, j'avais semé des indices comme un Petit Poucet vantard et arrogant, j'avais même donné les dates. C'était pas une trace que j'avais laissée, mais une véritable autoroute.

— Réfléchis-y, c'est la seule explication, m'assena cet enfoiré de pion en me laissant aux mains de l'infirmière. Sinon, je ne vois pas ce que foutrait cet article épinglé dans ta classe... Sans parler de ta réaction, a-t-il ajouté avec un sourire de vautour.

J'ai réussi à persuader la vieille idiote de me laisser rentrer chez moi sans avertir ma famille, « je vais beaucoup mieux, c'est juste une histoire de beurre rance ou de lait avarié », et je me suis retrouvé à suer de trouille dans la rue, à marcher sans trop savoir où j'allais. L'image d'Azul et celle d'Erika se confondaient en une seule, si bien que je ne savais plus trop si je pleurais la mort de l'un ou la perte de l'autre. Ce jour-là, je suis allé très loin dans la voie du repentir et de la vertu. J'ai juré mes grands dieux d'abandonner à jamais la violence et de me consacrer pour toujours à l'amour de mes semblables. Je serais entré au séminaire sur-le-champ contre un signe de colère, de pardon, voire d'impunité de la part du Seigneur que ma grand-mère m'emmenait voir à l'insu de son marxiste de gendre.

Il ne m'en fit aucun, mais ce long voyage au cœur de la peur, cet interminable examen de conscience me fit saisir l'étendue du chemin à parcourir pour tenir ne serait-ce qu'un quart des promesses que je m'étais faites. Je sentais encore mon bras trembler du plaisir du meurtre et, à bien y regarder, je n'avais plus pour Erika et ses potes que l'amour d'un entomologiste pour les élytres d'un scarabée de passage.

Le soir, en rentrant chez moi, j'avais compris que j'étais dans la merde, mais que personne d'autre que moi ne m'en sortirait. J'ai dîné calmement et j'ai attendu que ma sœur quitte la pièce pour raconter à mes parents mon indisposition, ce qui l'avait provoquée et l'épouvantable sentiment d'horreur et de culpabilité qui s'était emparé de moi à l'idée d'avoir peut-être rencontré les assassins au cours de cette nuit que j'avais effectivement passée à Bruxelles. Je n'avais encore aucun plan. Je semais juste quelques graines de vérité sans trop savoir si elles allaient germer, ni si leurs feuilles pouvaient suffire à planquer mes mensonges. Mon père me crut sans hésitation. Il était trop pétri de vertu prolétaire et de bons sentiments crypto-chrétiens pour penser que le fruit de ses gonades pût être un meurtrier raciste.

— Il faut que tu ailles à la police dès demain matin, dit-il avec la gravité du chef de famille retrouvant soudain toute son assise.

— Pour leur dire quoi ? j'ai fait. Que j'étais dans la ville la nuit où on y a commis un meurtre... ?

— D'autant qu'ils risquent de se demander qui a bien pu venir épingler cet article dans ta classe, fit ma mère, de la voix douce qu'elle prenait quand j'étais tout môme et qu'elle cherchait à me dégager d'un des mensonges où je m'étais englué.

Elle ne me croyait pas. Je le savais comme je savais qu'il fallait que je la mette très vite dans mon camp sous peine de catastrophe.

— Je sais qui c'est, soufflai-je.

Et je me suis mis à raconter comment deux motards niçois m'avaient ramassé sur la route et comment je les avais suivis jusqu'à Bruxelles, fasciné par leurs bécanes et le parfum de mythe qui m'avait enivré. C'était des brutes, bien sûr, mais je me sentais assez fort pour pouvoir filer en cas de danger moral ou physique. Malheureusement, j'avais oublié ma beauté et cet air de fille qui m'avait contraint à pratiquer les arts martiaux pour lutter contre les sarcasmes et les attouchements. C'est à Bruxelles, la nuit du crime, que Max, le plus gros et le plus dangereux, décida de s'offrir ma vertu.

— Et alors ? fit mon père d'une voix étranglée par l'angoisse.

— Je m'en suis tiré, j'ai fait sobrement. Je ne sais pas si c'est lui qui a tué ce jeune Turc, mais je sais que je lui ai fait assez mal pour qu'il m'en veuille toute sa vie. J'ai filé à Amsterdam et je n'en ai plus entendu parler.

— Jusqu'à hier matin, dit mon père qui avait avalé l'appât et la ligne.

Ma mère se contenta de me serrer dans ses bras. Je n'étais pas sûr de l'avoir convaincue de mon entière sincérité, mais le récit du danger que j'avais affronté l'avait certainement persuadée de mon innocence. J'avais failli me faire enculer et un gamin de 16 ans ne peut mentir à sa mère sur un sujet aussi grave. Mon père jura aussitôt d'aller tuer le salopard, mais j'éclatai en sanglots en lui faisant promettre de n'en rien faire. Ma vertu était intacte et je voulais tout oublier de cette scène odieuse que je ne leur aurais jamais racontée sans cette histoire d'article.

— Il fallait que vous le sachiez, j'ai reniflé en embrassant mon père. Aidez-moi à l'oublier…

Allongé dans le noir, j'ai attendu que ma mère vienne m'embrasser comme chaque soir. C'était à elle que je réservais mon dernier mensonge, celui qui, sur le plan familial, verrouillerait tous les autres. À elle, j'ai confié en pleurant que Max était allé jusqu'au bout, mais que je ne pourrais jamais supporter que mon père, ou toute autre personne qu'elle, le sache. C'était assez gros pour cacher tout le reste. Mon récit bancal devenait aussi solide que du béton et que la cellule familiale qui venait soudain de se souder autour de moi.

Le lendemain, sur ma demande, ma mère prévint le lycée que j'étais encore trop fatigué pour suivre les cours.

C'était un vendredi et j'avais trois jours devant moi pour tuer Max.

7

Norbert n'avait rien contre mon intention de tuer Max. Au contraire, il me fut reconnaissant de le prévenir avant.

— J'ai besoin d'un sacré alibi, sourit-il. Les flics ne vont penser qu'à moi quand ils trouveront le gros tas.

Je fus un peu surpris par son indifférence à l'égard d'un type dont il partageait le lit depuis un bon bout de temps, mais je ne fis aucun commentaire. Norbert est vraiment un drôle de type et il était déjà sacrément bizarre à l'époque. On aurait dit que rien ne l'atteignait, qu'il suivait sa route sans accorder la moindre considération à ceux qu'il côtoyait. Il détestait les femmes et, c'était lui qui le disait, il n'aimait les hommes que pour leur queue. En remplaçant éventuellement queue par chatte, je n'étais pas loin de partager le même point de vue, mais je trouvais le sien gênant, trop vulgaire pour qu'il me soit possible d'y adhérer totalement. J'admirais son intelligence, mais je ne pouvais m'empêcher de la trouver sournoise, reptilienne et totalement dépourvue d'aspiration spirituelle. Je ne savais pas trop ce qui l'attirait chez moi et j'avais la faiblesse de penser que c'était la chatoyance et l'élévation de ma propre intelligence.

J'ai tué Max sans fioritures ni discours. C'était mon premier meurtre de raison et je tenais à l'exécuter sans pathos ni prise de risque.

J'ai attendu qu'il rentre de sa nouba du samedi soir, je l'ai laissé ouvrir la porte de la cagna qu'il habitait sur les hauteurs de Labadie et je lui ai planté son couteau dans la nuque. Avant de partir, par manière de plaisanterie, je lui ai mis le couteau dans la main en appuyant bien pour les empreintes. Les flics ne marcheraient pas, mais je voyais bien un de ces connards de journalistes titrer un truc comme : LE BIKER SUICIDÉ ÉTAIT AUSSI CONTORSIONNISTE.

Le dimanche matin, j'ai dit à ma mère que j'avais tué Max dans la nuit, que j'étais certain que personne ne m'avait vu, mais qu'il valait quand même mieux qu'elle s'attende au pire. Elle n'a rien dit. Elle s'est contentée de hocher la tête comme si elle comptait les coups qu'elle attendait sans surprise. La veille, j'avais été surpris du relatif détachement avec lequel elle avait appris mon viol, et que j'avais naïvement mis sur le compte d'une plus grande habitude des femmes à la notion de pénétration. En fait, je crois qu'elle se préparait à ne plus m'aimer, à se désintoxiquer lentement d'un amour maternel qu'elle sentait déjà noir de chagrin et de désillusions.

Elle n'eut pas à mentir, car les flics ne remontèrent jamais jusqu'à moi. L'alibi en béton de Norbert — il était allé provoquer une bagarre dans un bistrot de Manosque et il avait terminé le week-end dans la cellule de la gendarmerie — énerva beaucoup les flics qui finirent par le relâcher sans enthousiasme. Il passa un sale quart d'heure, mais il ne m'en tint pas rigueur, pas plus qu'il ne chercha à savoir quoi que ce soit sur la fin de son amant.

L'affaire du lycée se tassa très vite. J'appris plus tard que le pion était allé baver chez les flics et qu'ils étaient venus interviewer le proviseur. C'était un homme simple, un pédagogue amoureux de son métier et totalement incapable d'imaginer qu'un de ses gosses puisse être coupable d'un crime aussi odieux. Il leur servit sa version : je n'étais qu'une grande gueule qui bassinait tout le monde avec son voyage de hippie dans le Nord et quelqu'un avait trouvé malin de me rabattre mon caquet. Comme je devais l'apprendre plus tard, l'un des deux flics ne fut absolument pas convaincu par cette explication simpliste.

Je me tins tranquille pendant un bon moment. J'avais eu très peur et, surtout, beaucoup de chance. J'étais émerveillé par la facilité et la vitesse avec lesquelles j'étais arrivé à tisser ce réseau protecteur de mensonges, mais le boulet était passé trop près pour que je ne fusse pas aussi épouvanté par les risques encourus à tuer deux types sans la moindre préparation. Je n'en regrettais aucun. Le premier représentait la seule façon de me sortir honorablement d'une situation où je m'étais moi-même enfoncé, le second n'était qu'une réponse instinctive aux dangers engendrés par cette situation. Tous les deux étaient parfaitement légitimes.

Je me rends compte aujourd'hui de l'aspect tordu qu'était en train de prendre ma représentation du monde, mais il n'y a rien dans le travail de mémoire que j'effectue qui puisse me faire penser que j'aurais pu modifier le cours du destin. Aucun remords ne m'affectait et la vie cédait devant moi comme une pute ouvre ses jambes. Tout était normal et je prenais la médiocre existence de mon entourage pour une preuve de sa médiocrité. Le soir, en m'endormant, je cherchais à dialoguer avec la puissance supérieure qui, j'en étais persuadé, m'avait choisi pour une mission hors du commun. Mon éducation communiste ne m'avait pas laissé la moindre chance de fréquenter

la religion, mais l'idée d'un être ou d'une entité
originelle me semblait évidente. La religion était
sans doute l'opium du peuple, mais le dialogue
direct d'une créature élue avec son créateur ne
pouvait être qu'une manifestation supplémen-
taire de sa liberté. Un monologue, en fait, car
Dieu (ou quels que soient ses multiples autres
noms) ne me fit jamais aucun signe.

— Vous avez réfléchi, Giordano ?

Le juge me regarde par-dessus ses petites
lunettes ovales. C'est mon avocat qui a provoqué
ce nouvel interrogatoire. Si je ne m'y suis pas
opposé, c'est pour le plaisir d'un aller-retour en
fourgon. La ville me manque. Je l'entends battre de ma cellule, mais la sentir si près de mon
enfermement me rend de plus en plus nerveux.
Je sais maintenant que je ne pourrais pas supporter la prison très longtemps. Je refuse de
m'y installer. Je ne cantine pas et me contente
de l'ordinaire dégueulasse des cuisines. En
dehors des cigarettes et du matériel nécessaire
à l'écriture, je n'utilise pas l'argent déposé au
greffe par mes *amis*. C'est le seul moyen de
résister que j'ai trouvé. Ça et la rédaction de
l'histoire de ma vie qui, je dois le reconnaître, ne
va pas très fort en ce moment. J'y travaille
d'arrache-pied, mais j'avance lentement. La
mémoire est une chose surprenante et je la

soupçonne de produire une vérité déjà digérée par les sucs du temps.

— Je ne fais que ça, monsieur le juge. J'y emploie tous mes loisirs.

— C'est bien, fait-il avec son sourire de vieux chat. Vous avez désiré me parler ?

— Non, c'est lui, je dis en désignant de Ferasse d'un signe de tête.

— Monsieur le juge, dit-il en se levant, je crois devoir attirer l'attention de mon client sur l'incohérence de sa démarche et les dangers qu'elle fait peser sur la bonne marche de l'instruction et, au bout du compte, de la justice. Aucune preuve formelle ne l'accuse, aucun témoignage n'indique sa présence sur les lieux et son alibi ne peut être sérieusement mis en doute. Il ne doit son arrestation et sa mise en examen qu'à un faisceau de présomptions fantaisistes qui ne tiendront devant aucun tribunal sérieux. En s'opposant comme il le fait à la diligence de votre instruction, il se nuit à lui-même et retarde ainsi sa légitime mise en liberté.

Il a l'air vachement content de lui. Il regarde le juge comme s'il voulait le clouer au mur, mais je sens bien qu'il pète de trouille.

— Maître de Ferasse a raison, Giordano. Si vous êtes vraiment innocent, vous n'avez pas intérêt à retarder l'instruction…

— Vous seriez prêt à me mettre en liberté provisoire ? je demande.

— Non. Je suis pour l'instant persuadé de votre culpabilité. Aidez-moi à démontrer votre innocence et je vous libère.

— C'est ce que je me tue à lui dire ! couine l'avocat. Le dossier ne tient pas la route. Qu'il consente à vous répondre et vous le mettrez dehors avec vos excuses.

J'ai une furieuse envie de le cogner. Cet abruti et ceux qui le payent me prennent vraiment pour le roi des cons.

— J'aimerais vous parler, monsieur le juge, je dis le plus calmement possible. En privé et sans que notre conversation soit enregistrée. C'est faisable ?

Je souris en levant mes mains menottées, avant d'ajouter :

— Le tigre est enchaîné, monsieur le juge, et vos chasseurs ne sont pas très loin…

Le baveux a du mal à dégager, mais il ne peut pas faire grand-chose d'autre. Ses yeux sont tout chavirés quand il les pose sur moi. La situation lui échappe, et il pense déjà aux comptes qu'il va devoir rendre aux niveaux supérieurs. Je connais ça. J'ai essayé d'y échapper toute ma vie avec plus ou moins de bonheur mais, ironie du sort, j'y suis enfin parvenu.

— Faites attention à ce que vous allez dire, Giordano, me prévient le juge. Votre avocat n'a pas tort quand il s'insurge contre votre attitude. Je peux tout à fait être convaincu de votre culpabilité et ne jamais réussir à l'établir.

J'aime bien ce type. Il est à la fois honnête et intelligent, et je n'ai pas souvent eu l'occasion d'affronter cette combinaison au cours de ma courte vie.

— J'ai un grand respect pour l'intelligence, monsieur le juge. La vôtre comme la mienne. Je ne devrais sans doute pas, car c'est la conscience aiguë de la mienne qui m'a mené devant la vôtre...

Je lui laisse le temps de sourire. Les gens sont toujours étonnés quand on ne passe pas par les chicanes de la fausse modestie pour parler de soi. Ils prennent ça pour de la vanité, alors que ce n'est qu'une forme supérieure d'honnêteté.

— Vous pouvez sourire, monsieur le juge. Je ne cherche ni à vous flatter ni à me vanter. Je constate seulement que la confrontation de nos deux cerveaux laisse peu de place au mensonge...

Il continue à sourire sans rien dire. Ses yeux ne révèlent rien d'autre qu'une concentration amusée.

— Vous jouez au poker, monsieur le juge ?

— Non. Je ne joue à rien. Surtout pas au juge. Inutile donc de me balancer mon titre à chacune de vos phrases.

C'est à mon tour de laisser percer mon amusement.

— Merci de me répondre, en tout cas. Je commençais à craindre d'être obligé de parler tout seul. La prison est un sale endroit, vous savez. Elle est surtout mal fréquentée et les occasions de bavarder avec des esprits élevés y sont rares. Quasi inexistantes, pour dire la vérité.

Je sens qu'il se détend. Difficile de séduire un juge persuadé que vous êtes bien le salaud intégral qu'il s'efforce de fourrer dans un cul-de-basse-fosse. Difficile, mais pas hors de portée.

— Allez-y sans crainte, Giordano. Bavardons... Vous en étiez à nos intelligences respectives et au peu de place qu'elles laissent au mensonge. Dois-je en conclure que vous vous apprêtez à dire la vérité ?

— Disons que je m'apprête à en discuter...

— La vérité ne se discute pas. Elle est même la seule chose qui...

— Faites-moi la grâce de ne pas pontifier, monsieur le juge. Pardonnez-moi de vous couper, mais je n'ai pas assez de temps pour laisser notre conversation régresser. Si la vérité ne se discutait pas, les juges et les philosophes, pour ne parler que d'eux, seraient au chômage ou contraints d'exercer un métier honnête. La vérité est la chose au monde qui nécessite le plus de discussions et…

— Vous m'ennuyez, Giordano, il coupe d'un ton sec. Si vous avez quelque chose à me dire, faites-le et épargnez-moi votre philosophie de bazar.

— OK, OK… Je retire le *pontifier*, si vous voulez bien admettre que le *bazar* c'est ma peau…

Je grince plus que je ne parle. J'aime pas qu'on s'adresse à moi sur ce ton. J'aime pas non plus qu'on réussisse à me foutre en rogne.

— Votre peau ? il fait en me reservant son sourire de vieux matou. Pourquoi vous ne l'avez pas dit tout de suite ? J'aurais sûrement prêté plus d'attention à votre *bavardage*.

Je rigole un peu jaune. Je ne m'attendais pas à me retrouver du mauvais côté du fil à pêche.

— Vous me baladez depuis le début, hein ?

— Pas la peine. Vous n'avez besoin de personne pour ça, mon vieux, vous vous en sortez très bien tout seul… Désolé, mais vous avez une nette tendance à vous marcher sur les lacets quand vous parlez de votre intelligence. Je sais ce que vous voulez depuis le début, à vous d'annoncer ce que vous avez en main.

— Rien... Je suis coupable de ce truc, vous le savez et vous finirez bien par le prouver. Mes alibis sont des crétins trouillards et cupides et le Parti finira bien par trouver le moyen de me lâcher tout en gardant le cul au sec.

— Constat désespéré mais lucide...

— Comme vous dites... Ils actionnent la pompe à espoir pour éviter que je parle avant qu'ils aient fini le ménage, mais je suis en train de les baiser et ils le savent. J'ai besoin de vous et d'un peu de temps.

Je guette une réponse, mais il me fait juste signe de continuer.

— Je suis en train d'écrire mon autobiographie. Elle est pour vous. Je ne crois pas que j'aurai le temps de la voir publiée mais, si elle le mérite, j'aimerais bien que vous aidiez mes parents à le faire. Je leur rends l'hommage qu'ils méritent et ça peut toujours leur rapporter une pincée de fric.

— Vous êtes sûr qu'ils le savent ?

— Certain. Comme je suis certain qu'ils vont essayer de m'arrêter avant. Je suis sur mes gardes et ils auront du mal à y arriver. On m'a autorisé à planquer le manuscrit dans la bibliothèque. C'est là que vous le trouverez si je n'ai pas le temps de le finir ou de vous le remettre.

— C'est tout ?

— Non. Ce putain de truc va moins vite que je l'espérais. C'est toute la sauce qui me retarde, mais c'est aussi elle qui m'aide à comprendre. L'enfance… mes parents… tout ce tas de pathos qui vient se mettre au milieu sans qu'on ne lui ait rien demandé… J'en suis à peine à mes 16 ans et je voudrais pas mourir avant l'âge, si vous voyez ce que je veux dire ?

Il voit. Tant mieux, parce que je n'ai jamais eu autant de mal à expliquer quelque chose.

— J'aimerais que vous m'aidiez à leur faire croire que j'accepte de jouer le jeu comme ils veulent, que je suis décidé à nier mordicus en attendant qu'ils me sortent du potage.

— C'est qui, ils ? Ferasse ?

— C'est le morceau visible. Vous connaissez les autres, mais ça ne vous sert pas à grand-chose pour l'instant.

Il se tait. Il regarde la pointe de son crayon, essuie ses lunettes avec sa cravate et finit par accepter.

— Votre client voulait changer d'avocat mais je l'en ai dissuadé, maître, dit-il à Ferasse sans lui laisser le temps de s'asseoir. Il craignait que vos nombreuses activités au civil ne vous empêchent de travailler à fond sur un dossier pénal.

J'ai un mal fou à garder mon sérieux devant l'air ahuri de Ferasse. Le pauvre con me regarde comme si je venais de lui chier sur les pieds.

— C'est absurde ! Je croyais pourtant...

— Le malentendu est dissipé, maître. Monsieur Giordano a compris qu'il ne pouvait être en de meilleures mains. Nous reprendrons le cours normal de l'instruction au prochain interrogatoire.

Dans le couloir, Ferasse fait signe aux gendarmes d'attendre un peu avant de m'emmener.

— C'est quoi, ce bordel ? grince-t-il en m'agrippant la manche. Qu'est-ce que vous êtes encore allé inventer ?

— Vous aviez raison, mon vieux. Ce type n'a rien, il bluffe. Fallait juste que je trouve une raison pour lui faire avaler mon changement d'attitude.

Je me demande un instant s'il va en avaler une de cette taille, mais son air de dindon-offensé-mais-ravi me rassure.

— Je vous l'avais dit, fait-il pendant que je m'éloigne.

Il continue à me dire des trucs, mais je ne l'écoute plus. Je pense déjà au trajet du retour.

8

J'ai beaucoup de mal à me remettre au travail.

Cette nuit, j'ai fait un rêve étrange. Je n'étais plus le sujet de mon livre, mais le biographe officiel d'un personnage que j'avais bien connu et que je dénonçais sans vergogne à la justice. Je me suis réveillé au moment où j'entrais dans ma propre cellule, la bave aux lèvres et le couteau à la main.

J'ai essayé de reprendre le récit de ma vie sur le mode narratif que j'ai employé jusqu'ici, mais l'état latent de schizophrénie dans lequel m'a plongé mon rêve me l'interdit. J'ai le sentiment troublant de ne plus être celui que je raconte. Je ne me sens ni touché par la grâce ni rongé par le remords, je suis juste différent et c'est cette différence que je veux manifester au lecteur en changeant radicalement de ton. Celui du roman me semblant, et de loin, plus approprié à la nouvelle perception que j'ai de mon sujet. Toutefois, par prudence pour une santé mentale que je sens profondément troublée par ce drôle d'exercice, j'ai décidé de conserver le *je* pour parler de moi-même. Je crois sincèrement que le passage à la troisième personne ne ferait que m'endommager un peu plus.

J'avais le nez collé sur la liste des résultats du bac quand une main m'a effleuré l'épaule.

— Vous l'avez eu ?

Je n'ai pas eu besoin de me retourner pour reconnaître le propriétaire de la main. En fait, je ne le connaissais même pas, mais je l'attendais depuis que les flics étaient venus au bahut. Je savais qu'il prendrait son temps, qu'il me laisserait la bride longue autant qu'il le voudrait, mais qu'il finirait fatalement par débouler un jour.

— Sûrement, j'ai fait sans même tourner la tête. Je cherche juste à vérifier la mention.

— Prenez votre temps, gloussa-t-il. Je vous attends au Provence. On fêtera ça sur mon compte.

J'ai fini par trouver mon nom à la rubrique MENTION BIEN. En temps normal, j'aurais piqué une petite colère de dépit pour le seul bénéfice des pauvres types qui s'étaient fait étaler, mais j'avais bien trop les jetons pour y songer.

Norbert m'avait parlé de Vignole, un flic des RG qui lui avait mené la vie dure après la mort de Max. C'était aussi l'un des deux qui s'étaient pointés au bahut. Le plus coriace, m'avait indiqué cette brave pomme de proviseur, encore tout indigné par la tentative d'erreur judiciaire qu'il venait courageusement de faire échouer.

Vignole était sûr que j'avais tué le Turc et Max.

En fait, il le savait. Sa manière de me regarder, de me guider jusqu'à lui quand j'arrivai au Provence ce jour-là, ne me laissa aucun doute. Il était assis en terrasse, face au trottoir, et ses yeux m'épinglèrent tout de suite comme un insecte sur une planche de liège.

— Alors ? demanda-t-il avec une curiosité non feinte.

— Mention Bien.

— Un peu décevant, non ? Qu'est-ce qui a merdé ?

— La philo, je pense... J'ai dû en faire un peu trop. Les profs n'aiment pas qu'on sorte du cadre...

— Les flics non plus... Enfin, la plupart des flics.

J'ai rien dit. Je me suis assis en essayant de ne pas penser à ma trouille.

— Je suis quand même content de vos résultats, fit-il avec un sourire. On a besoin de gens comme vous dans les facs. Qu'est-ce que vous prenez ? Le champagne me semble bien, non ?

J'ai toujours eu horreur de ce vin blanc à ressorts, mais je n'ai rien dit. Il a fait signe au garçon sans me lâcher des yeux. Je n'avais pas la moindre idée de ce qu'il me voulait, mais je ne me faisais aucune illusion sur ses moyens de l'obtenir. Il m'avait fourré dans la marmite, il ne me restait plus qu'à attendre la recette.

— Pour Max, j'ai pas beaucoup de preuves, fit-il quand le garçon fut parti. Je pourrais mettre la pression sur Norbert, mais ça ne me mènerait pas très loin. De toute façon, je m'en fous. C'était un crétin vicelard et dangereux qui méritait la benne à ordures... Pour le Turc, c'est autre chose. Un flic belge infiltré dans la bande de motards vous a vu le tuer. Rassurez-vous, il ne tient pas à foutre sa couverture en l'air en témoignant contre vous, mais il a fait parler Max et il m'a tout de suite prévenu... Nous faisons partie de la même organisation, si vous voyez ce que je veux dire...

Je ne voyais encore pas grand-chose. Le calme froid de Vignole m'impressionnait comme je ne l'avais encore jamais été. En l'écoutant, je ne pensais qu'à moi et à la nasse qu'il serrait lentement, avec le sourire.

— C'est moi qui ai collé l'article dans votre classe. Je voulais voir comment vous alliez vous en sortir. C'est facile de tuer un type, c'est après que ça se complique. Il faut vivre avec ça tous les jours, échapper aux remords ou à la vantardise et ne pas craquer quand le danger se présente. Tout un art…

— Vous saviez que j'allais tuer Max ? j'ai fait d'une voix faiblarde.

— Je l'espérais. Sur mes conseils, mon pote belge avait déjà envoyé sa bande tourner autour de votre petite idylle d'Amsterdam. Pour vous, le coup de l'article sur le tableau était signé ; ça ne pouvait être que Max. Il ne me restait qu'à attendre votre réaction.

— Et si je ne l'avais pas tué ?

Il haussa les épaules avec un sourire désarmant.

— Ne soyez pas gamin. C'est ce qu'on fait qui compte. Il n'y a que dans les disserts de philo qu'on pèse la thèse et l'antithèse.

— Répondez-moi quand même.

— J'aurais admis m'être trompé et je vous aurais foutu la paix. Max aurait probablement fini par réussir à vous enculer, si vous voulez davantage de détails…

On a bu un petit moment en silence. Vignole avait commandé une bouteille et je commençais à apprécier l'effet planant du champagne.

— Vous pouvez essayer de me tuer aussi, fit-il comme s'il suivait mes pensées pas à pas. C'est pas facile, mais il se pourrait que vous soyez de

105

taille… *Pourquoi croyez-vous que je me sois donné tant de mal ?*

— *J'en sais rien.*

— *Réfléchissez. Ne changez rien à votre vie ni à vos habitudes. C'est moi qui vous ferai signe le moment venu.*

Je l'ai regardé partir. J'avais le cul trop lourd pour songer à bouger. J'ai fini le champagne, la tête vide et le cœur glacé.

J'ai passé la première partie de l'été à attendre que Vignole me rappelle. En vain. Il avait sans doute autre chose à faire et j'ai fini par me dire qu'il m'avait oublié. Le temps est une chose merveilleuse quand on a 18 ans et l'âme légère. Plus il passait, et plus je me persuadais que ma conversation avec Vignole ne marquait que la fin de mes ennuis. Il m'avait démasqué et, dans sa vanité de flic impuissant à me coffrer, il avait juste voulu que je le sache. En vérité, plus rien ne me menaçait. J'avais tué deux types et je m'en étais sorti avec les honneurs.

Je devins plus calme, moins agressif. Je me mis à pratiquer l'aïkido et le karaté comme des arts zen, en arrêtant mes coups, en cessant de forcer mes prises jusqu'à la limite extrême de la douleur et de la fracture. Je découvris que la séduction pouvait être délicieusement reposante quand on la pratiquait sans décharge d'adrénaline. Je *m'appliquai à être un fils et un frère charmant et prévenant et je parvins presque à me persuader que ma mère avait, sinon tout oublié, tout pardonné. C'était une erreur, bien sûr. Une de ces incroyables manifestations de vanité capables d'entacher gravement le jugement de tout être supérieur. Par la suite, et avec plus ou moins de bonheur, j'ai appris à me méfier de ces bouffées délirantes de confiance en soi qui vous mènent droit au trou alors même que vous croyez embrasser l'univers.*

Ma mère n'avait rien pardonné. C'était mon existence qu'elle cherchait vigoureusement à oublier, et mes manifestations encombrantes de tendresse ne faisaient que la renforcer dans la certitude et le chagrin d'avoir enfanté un monstre. Elle continuait à jouer le jeu en présence du reste de la famille mais, les rares fois où nous étions seuls, elle me regardait sans dire un mot et c'était bien la promesse de l'enfer qui flambait dans ses yeux. Comment fit-elle pour supporter ainsi la présence d'un fils, encore adolescent, qu'elle savait damné pour l'éternité ? Je n'en sais rien. De même que je n'ai jamais compris comment elle sut tout prendre sur elle pour épargner mon père. Sans doute avait-elle peur qu'il me tue. Je sais qu'il en aurait été capable. Je m'y étais même préparé avec une détermination qui me fit froid dans le dos. Il s'agissait d'être prêt, de lire la fureur et le désespoir dans ses yeux avant qu'ils ne le submergent et d'agir avant lui. Mais pour faire quoi ? Tirer le premier sur la seule personne qui m'aimait encore comme le gamin éveillé qu'il trimballait dans les manifs, avec une fierté naïve qui faisait sourire ses camarades ? Mon père est le seul être que j'aie toujours aimé, le seul dont je ne me sois jamais servi, le seul que j'aie toujours voulu épargner. À l'heure où j'écris ces lignes, il me manque toujours et je sais pourtant qu'il mourra de la vérité, comme je sais que j'aurais pu le tuer pour sauver ma peau. Ma mère sait tout ça. Elle l'aime autant que moi, et la subtile architecture de mensonges qu'elle a tissée entre nous est le plus beau monument d'amour qu'une femme ait jamais bâti pour son homme.

C'est à cette époque que j'ai rencontré Carole. À part mes quelques expériences homosexuelles avec Norbert, mon histoire avec Erika et de vagues explorations tactiles dans l'obscurité des salles de ciné ou dans la nuit des sorties de bal, j'étais quasiment puceau. Les deux seules femmes que je connaissais bien étaient ma mère et ma sœur. Depuis que j'avais initié Françoise aux plaisirs torves du voyeurisme — et elle avait continué à mater nos parents longtemps après que j'avais arrêté — elle me laissait la tripoter en échange de mon silence. Son corps de gamine m'excitait assez peu, mais elle adorait venir terminer le travail quand je me masturbais dans l'eau brûlante de la baignoire. Nous ne nous aimions pas assez pour songer à aller plus loin. De toute façon, ce n'était pas encore une vraie femme. La vraie, c'était ma mère et j'en connaissais un rayon sur elle. Non seulement je savais tout de son corps et de ce qu'elle était capable d'en faire au lit mais, depuis que j'en avais fait la complice de mes crimes, elle m'offrait tous les jours le spectacle parfait des talents féminins en matière de dissimulation et de haine glaciale. Autant dire que j'avais une nette tendance à regarder toutes les autres femmes à travers le prisme de ma mère.

Cet été-là, Carole fréquentait la même plage que moi et nous prenions le même bus pour rentrer. C'était une jolie brune bien foutue qui étendait sa serviette dans son carré réglementaire sans un regard pour le reste du monde, ce qui constituait déjà un exploit en soi vu que le monde en question était aussi voyant et bruyant qu'une volière sous amphétamines. À peine arrivée, elle se plongeait dans un bouquin d'où elle ne sortait que pour se tremper dans le bouillon commun et nager droit devant elle, jusqu'à ce que sa tête ne soit plus qu'un point noir sur l'horizon. Elle ne tarda pas à me fasciner. Au bout d'une semaine, je ne voyais plus qu'elle et sa manière de me transpercer du regard chaque fois que je me *plantais entre sa serviette et la mer, comme si mon corps n'avait pas plus de consistance que la brume qui tremblait dans l'air chaud.*

C'était insupportable. Elle était si froide, si lointaine, si insensible à ma beauté que je me mis à rédiger dans ma tête une série de scénarios qui finissaient tous dans son lit, mais dont je remettais sans cesse l'exécution, faute d'avoir trouvé la première phrase, celle qui tue, celle qui la ferait rire, la réflexion intelligente qui la ferait enfin me regarder autrement que comme un ecto-plasme surgi de la chaleur du jour.

Je n'ai rien trouvé. Rien qui fût à la hauteur du pinacle où je l'avais posée.

— J'abandonne, j'ai fait un jour en me laissant tomber à côté d'elle dans le bus qui nous rame-nait de la plage. J'ai tout essayé mais maintenant, j'abandonne…

— Qu'est-ce que vous avez essayé ? sourit-elle. Rien… Vous êtes le type le moins entreprenant que je connaisse… C'est quoi votre problème ?… Un œdipe purulent ou la trouille de vous planter ?

Je me suis dit qu'il y avait un peu des deux, mais elle a sauté à la conclusion sans me laisser le temps de l'ouvrir.

— C'est ça, hein ? Vous vous aimez trop pour risquer l'échec.

Le temps que je trouve quelque chose à répon-dre, elle était déjà descendue.

Le lendemain j'ai posé ma serviette près de la sienne, j'ai nagé avec elle jusqu'à l'horizon, nous sommes allés voir un film suédois en VO, elle m'a proposé un dernier verre chez elle et m'a fait l'amour sans vraiment me demander mon avis.

9

— Parloir, Giordano ! gueule Corniglion en cognant sur la porte de ma cellule.

Je sursaute. Qui peut bien vouloir me parler ? Depuis que j'ai commencé à écrire, j'ai perdu le compte des jours que j'ai passés au trou. Il faut dire que j'avance de plus en plus lentement. Je peux rester des jours sans écrire une ligne, des jours à regarder le temps passer par la fenêtre. Le vieux bonhomme qui s'occupe de la bibliothèque vient parfois me tenir compagnie, malgré le dégoût que je lui inspire manifestement. Avec le temps, j'ai appris à le connaître et à l'apprécier. Il a presque purgé sa peine de trois ans. Avec le jeu des réductions de peine, il va sortir bientôt. Il n'y a jamais que nous deux dans cette immense pièce, et quand il a fini de charger son chariot des maigres commandes des autres taulards, il rôde autour de moi en cherchant à parler littérature. C'est la seule personne à qui je parle depuis que le juge a demandé que je fasse la plupart de mes promenades tout seul. Je le fascine. Il aimerait savoir si je suis vraiment antisémite et jusqu'où je pourrais aller dans ma haine des Juifs, mais il n'ose pas poser la question franchement ; il tourne autour du pot, m'interroge sur Céline ou Drieu, glisse le nom de Faurisson dans la conversation. C'est un vieil homme fragile que la prison a fini de voûter et qui traîne des pieds en marchant dans ses pantoufles informes. Avec ses cheveux blancs hirsutes et ses lunettes en cul de bouteille, il ressemble plus au comte de Champignac qu'à un escroc international. Dehors, personne ne l'attend et je sais que s'il compte les jours, c'est par peur de la solitude. Je l'aime bien, trop en tout cas pour lui casser son jeu, alors j'élude ses questions, je joue au plus malin, je fais semblant de ne pas comprendre. Avant qu'il ne parte, je lui dirai que je me fous des Juifs et des Arabes, que ma haine est sans objet précis, que je suis vide, mais que le néant peut être aussi brûlant que la haine.

Je suis seul au parloir devant une longue grille où ma sœur m'attend, seule aussi.

— Le juge m'a permis de venir en dehors des visites, dit-elle. Je voulais…

Elle ne sait plus ce qu'elle voulait. Elle me regarde et je me demande comment j'ai pu autant la détester. Elle est belle, mais ne sommes-nous pas tous beaux dans cette famille ? Dix ans que je ne l'ai pas vue. Je glisse mes doigts à travers la grille et elle les touche.

— Tu vas bien ?

Je hoche la tête sans répondre. Je vais comme un mort, mais que peut-elle savoir de la santé des morts ?

— Papa et maman ont eu ton message... Enfin, celui de ton...

— Maton. Ici on appelle ça un maton. Comment vont-ils ?

— Mal. Surtout papa. J'ai parfois l'impression qu'il est déjà mort.

Au temps pour moi ! Elle aussi fréquente des morts. Ceux que j'ai tués. Je ne demande pas de nouvelles de ma mère. Je sais qu'elle regrette tous les jours de ne pas m'avoir étouffé dans mon berceau.

— Ils vont venir ?

— Je ne sais pas... C'est aussi pour ça que je suis venue... Ça dépend de toi.

À question idiote... Tout dépend de moi, bien sûr. J'ai toujours voulu être le maître du jeu et je le suis encore. Je suis le marionnettiste de ma propre existence et ceux qui ont cru me manipuler n'étaient que des fantoches. Impossible de changer les règles en fin de partie. Impossible, mais surtout indigne.

— Parle-moi de toi, je dis.

— Oh, il n'y a pas grand-chose à en dire, tu sais. Je me suis mariée…

Elle raconte, mais je l'écoute à peine. Mariage… enfants… travail… bonheur… ces mots ne résonnent pas ici. Le béton est trop épais, les grilles trop froides. Ici, on ne pense qu'à soi. Je la laisse parler, juste pour cette musique de femme que je croyais avoir oubliée.

Quand elle a fini, je lui souris gentiment.

— Laisse-moi le temps de réfléchir, sœurette. Reviens me voir quand tu en as envie, mais laisse-moi réfléchir.

Elle se lève pour partir. C'est bien la première fois que je l'appelle sœurette, et ses yeux en sont pleins d'amour et de chagrin.

— On dit que tu écris un livre… C'est vrai ?

— Qui le dit ?

— Les gens… Le maton… Ton avocat… Ils disent tous que c'est mauvais pour toi.

— Rien que des gens qui m'aiment, je fais avec un sourire ironique. Et toi, t'en penses quoi ?

— J'ai peur. Pour nous et pour toi.

— Tranquillise-toi, sœurette, j'ai fini de vous faire du mal.

Corniglion m'emmène directement à la bibliothèque où mon vieux Juif a l'air de se faire du souci à cause de mon retard.

— Une visite, je fais en souriant. On dirait que ma famille a décidé de se souvenir de moi.

— Et ça a l'air de vous faire plaisir, grommelle-t-il. De toute façon, une visite fait toujours plaisir. Si c'est pas quand elle arrive, c'est quand elle repart.

Je suis rapidement tombé amoureux de Carole. Elle était belle, vive, intelligente et parfaitement autonome. Elle pouvait rester des jours sans parler ni voir personne, et elle me fit vite comprendre que c'était elle et elle seule qui déciderait du rythme de nos rencontres. Je la voyais donc assez peu, mais dans des moments d'une telle intensité sexuelle et intellectuelle que j'ai fini par devenir aussi accro qu'un connard de junkie. Plus âgée que moi d'un an, elle était inscrite en deuxième année de sociologie et je crus longtemps qu'elle ne voulait pas s'afficher devant ses potes avec un jeunot de première année. Ça me mettait hors de moi, mais j'avais bien trop la trouille de la perdre pour tenter un coup de force. Carole, quand elle le voulait, pouvait être aussi glaciale et imprévisible qu'une plaque de verglas, et je me souviens encore des quelques rares fois où j'ai tenté de forcer son intimité sans y avoir été autorisé. Avec le recul, je me demande maintenant comment mon orgueil et ma violence de jeune mâle béni des dieux ont pu résister à ces rebuffades, aussi intransigeantes que polaires. L'amour, sans doute. L'amour et le désir de retrouver ces instants où elle me cédait sans l'ombre d'une retenue.

La fac m'ennuya tout de suite. Je m'étais inscrit en première année de philo, sans trop savoir ce que je pourrais bien faire des diplômes que j'obtiendrais dans cette discipline fumeuse et imprécise, mais qui me semblait suffisamment arrogante pour épater la galerie. Le peu que j'en connaissais après le lycée me laissait croire que la philo était un bon moyen d'apprendre et de maîtriser un discours permettant de régner sur les imbéciles. En fait, je me foutais complètement des diplômes. Il s'agissait simplement de passer le temps, avant de pouvoir exercer mes talents dans le seul domaine qui me donnerait la chance d'approcher le pouvoir : la politique. En étudiant le cursus des quelques vizirs locaux, je m'étais vite rendu compte qu'ils étaient, pour la plupart, quasi analphabètes, mais qu'ils avaient su se glisser très jeunes dans l'entourage du prince. Si divers crétins y étaient arrivés en gagnant des courses de motos, ou en vendant des pizzas et de la socca dans la vieille ville, nul doute qu'en jouant le coup comme il faut, un type doté de ma classe et de ma séduction n'était plus très loin du pinacle. Un pinacle local, certes, mais comme disait ma grand-mère : « Même les géants ont parfois besoin d'un tabouret. »

Mais la fac m'ennuyait. Dans l'ensemble, mes condisciples étaient plus bas de plafond qu'un terrier de lapin et les profs réalisaient la quadrature du cercle en trouvant le moyen d'être à la fois arrogants et démagogues. Des glorieuses luttes des années 70 — celles qui avaient poussé mon père dans les bras d'une étudiante et de la révolution —, il ne restait que des graffitis mal effacés et deux rangées de tables de propagande, tenues par des extrémistes mous du bide qui s'invectivaient sans passion dans le grand hall de la fac. La rangée marxiste n'offrait plus qu'un discours égalitariste, considérablement échaudé par les échecs successifs de l'idéal révolutionnaire appliqué, celle des fachos répliquait en brandissant le drapeau national et la statue de Jeanne d'Arc. On trouvait bien çà et là quelques boutonneux en blazer et mocassins anglais qui recrutaient pour les partis au pouvoir, mais je me voyais mal commencer une ascension politique sérieuse en étant gaulliste, centriste ou socialiste à 18 ans. Quant aux communistes chers à ma famille, ils semblaient s'être concentrés sur la gestion des salles de cours, des restos U et des photocopieuses.

Le désert…

J'allais me décider à prendre le pouvoir de l'un ou l'autre de ces groupes de minables — gauche ou droite, peu m'importait pourvu qu'il soit extrémiste, qu'il me fasse connaître et me fournisse

l'occasion d'un reniement futur et spectaculaire
— quand Vignole s'est repointé dans le décor.

« C'est maintenant que j'ai besoin de toi », m'a-t-il dit, et j'ai su que Shylock était venu réclamer sa livre de chair.

J'étais avec Carole dans une cave de la vieille ville. Sur une scène ronde et grande comme un béret basque, un orchestre de rock faisait tout ce qu'il pouvait pour saturer de larsen les oreilles des jeunots échevelés que nous étions tous. Avec son costard de lin juste froissé comme il faut et sa chemise de soie ouverte sur une chaîne en or, Vignole était aussi voyant qu'une girafe dans une basse-cour.

— Il vous manque plus qu'un gyrophare sur le crâne, j'ai dit en évitant son regard.

— J'avais peur que tu m'aies oublié, il a fait suffisamment fort pour couvrir les ululements de la chanteuse.

Carole nous a jeté un sale œil. Autour de nous, l'assistance planquait nerveusement ses joints.

— Pas de risque. Vous voulez qu'on sorte ?

— Pourquoi ? J'aime bien cet endroit. Pas toi ?

Et il est resté jusqu'à la fin du set. Il a commandé une tournée pour toute la table, a bu son scotch en souriant avant de sortir en laissant un billet sur la table.

— Tu connais ce type ? m'a demandé Carole dans la voiture qui nous ramenait chez elle.

J'étais terrifié. Même si personne ne connaissait Vignole avant ce soir, il avait laissé dans son sillage un tel parfum de flic qu'il m'était impossible de mentir sur son identité.

— *Un flic, j'ai fait évasivement. Un ami de mon père qui adore me tomber sur le poil de temps en temps.*

— *Ah bon. Je croyais que ton père était un coco pur et dur ?*

— *Et alors ? j'ai fait. Y'a des flics au Parti... Pas beaucoup, mais y'en a.*

— *Pas celui-là, Antoine. Si Vignole est au Parti, c'est que Le Pen vient d'y entrer aussi.*

— *Tu le connais ? j'ai fait, soudain écrasé par le poids de la fatalité.*

— *Je sais qui c'est. Pour trouver plus facho que lui, faut remonter jusqu'à Nuremberg.*

J'ai pris sa main, mais elle était plus froide et plus raide que celle qui me broyait le cœur.

— *OK, j'ai dit dans un souffle. J'ai fait une connerie avant de te connaître. Une grosse... Vignole le sait... Il n'a jamais pu me coincer, mais il maintient la pression.*

J'ai senti sa main se relâcher. Le sang et la confiance y coulaient à nouveau. Pas encore l'amour, mais il n'était plus très loin.

— *T'es pas obligé d'en parler, tu sais, elle a fait avec ce sourire qu'ont les femmes quand elles ne pensent pas ce qu'elles disent. Mais ça serait peut-être mieux pour nous deux.*

Nous deux ! Jamais encore elle n'y avait fait allusion. Le cœur en soleil, j'ai cru que je pouvais tout réussir d'un coup, mentir en disant la vérité tout en grimpant d'un cran dans l'amour de la femme que j'aimais.

— J'ai tué un type... Un gros biker dégueu-lasse qui voulait me violer... Il était près de réus-sir quand j'ai trouvé son couteau. Je sais bien que j'aurais dû aller tout droit chez les flics, mais j'ai eu trop peur. J'ai effacé mes traces et j'ai filé.

— Comment Vignole l'a-t-il su ?

J'ai senti qu'elle se méfiait à nouveau. Je me suis dit qu'il fallait que j'invente vite et que j'avais intérêt à être bon.

— J'en sais rien... Enfin, pas exactement... Je crois que le biker était un de ses indics. Il avait dû lui parler de moi parce que, dès le lendemain, Vignole est venu me cueillir à la sortie du lycée. Il n'avait pas le moindre début de preuve, mais il s'en foutait. Il n'a même pas pris la peine de me cuisiner. Il m'a juste dit qu'il savait que c'était moi et que j'avais intérêt à ne pas l'oublier. Depuis, il me saute de temps en temps sur le poil, au moment où je m'y attends le moins. Je suis sûr qu'il a quelque chose de précis, mais que c'est pas suffisant pour me coincer vraiment.

— Il t'a jamais rien demandé ?

122

Sa voix était redevenue glaciale. Je l'ai regardée droit dans les yeux.

— Comme de balancer pour lui, par exemple ? j'ai fait en mettant juste ce qu'il faut d'indignation dans ma voix. Tu me prends pour qui ?

Elle m'a souri mais je sentais bien que mon histoire lui restait en travers de la gorge. Soudain je me suis demandé comment elle connaissait Vignole et ce qui l'inquiétait tant dans le fait que je puisse être une balance.

— De toute façon je vois pas qui je pourrais balancer, j'ai fait. Je ne connais personne susceptible d'intéresser les flics.

— Tu es sûr de ça ? dit-elle d'une voix dure. Les RG s'intéressent à beaucoup de choses.

J'ai éclaté de rire en secouant mes boucles blondes et j'ai glissé ma main entre ses cuisses.

— Si tu veux parler de ta manie de ne rien mettre sous ta robe quand on sort ensemble, je te jure que je garderai le secret même sous la torture.

Elle rit, se cambra pour laisser monter ma main. Son sexe était humide et brûlant, mais ses yeux gardaient encore la dureté du granit.

Quelques jours plus tard, en descendant le grand perron de la fac, j'ai aperçu la voiture de Vignole garée dans le parking. Il était derrière le volant, le visage caché par un journal grand ouvert et si visible que je me suis demandé pourquoi il n'avait pas aussi percé le journal à la hauteur des yeux. Une bande de trotskards diffusaient des tracts en rigolant et en gueulant leurs slogans bien fort à son intention.

— Fais gaffe, Giordano ! a crié l'un d'entre eux en me tendant sa prose. Il a une caméra qui filme à travers le papier.

J'ai pris le tract sans rien dire et je me suis dirigé vers la voiture de Vignole. Dans mon dos, les trotskards ne se marraient plus, j'avais même l'impression qu'ils retenaient leur souffle.

— À quoi vous jouez ? j'ai fait à voix basse en jetant le bout de papier par la fenêtre ouverte. Vous ressemblez à un lardu en planque dans une mauvaise série B.

— Qu'est-ce qui se passe, Antoine ? il a dit. T'as un problème ?

— Ouais. Un gros. J'aimerais comprendre pourquoi vous vous acharnez à chercher à me griller.

— Te griller ? il a fait avec une moue ironique. Faudrait déjà que tu travailles pour moi. T'as quelque chose à me balancer, Antoine ? Tu devrais parce que j'aime autant te prévenir que les intérêts de ta dette commencent à cuber.

Je suis resté planté, glacé comme un bonhomme de neige. Ce salaud n'avait pas l'intention de me lâcher. Il allait juste me pourrir la vie

124

jusqu'à ce que je lui demande gentiment de me passer la laisse.

— Tu veux qu'on parle, Antoine ?

J'ai pas répondu.

— Casse-toi ! Je serai ce soir au St Rams. *Si tu veux me parler, sois-y aussi.*

J'ai fait demi-tour d'un pas raide. Quand je suis passé près d'eux, ces cons de trotskards m'ont applaudi bruyamment.

J'ai longtemps réfléchi à ce que j'aurais pu faire à partir de ce jour-là. Tuer Vignole aurait certainement été la meilleure solution. Le salaud était coriace, mais j'aurais pu en venir à bout. Il m'aurait suffi d'épier ses habitudes pour le frapper au bon moment. C'est très facile de tuer. Je parle de tuer sans se faire prendre, bien sûr, pas de ces mouvements de rage impulsive qui vous mènent droit au trou, le cœur plein de frustration, sans même vous laisser le temps de jouir de l'espace que le meurtre a libéré. Il y faut simplement une détermination sans faille et une mobilisation de toute son intelligence, toutes choses que je savais posséder de naissance. L'ennui, dans le cas de Vignole, comme dans tous les cas qui vous touchent de près, c'est que je n'étais pas sûr de pouvoir maîtriser les conséquences. Il n'avait aucune preuve pour Max, mais l'histoire du Turc pouvait resurgir et fournir aux flics un mobile considérable. Il aurait pu aussi me bluffer depuis le début, mais c'était jouer à pile ou face et j'ai horreur du principe d'incertitude lié au jeu.

Jamais je n'ai songé à l'envoyer paître. Je savais trop qu'il était capable de me poursuivre jusqu'en enfer.

J'avais tort, mais comment aurais-je pu me douter qu'en poussant la porte du St Rams ce soir-là, je poussais aussi celle de l'enfer ?

10

Le St Rams *était plein de types en costard et chemise ouverte qui buvaient des scotches en caressant distraitement, de leurs doigts bagués et boudinés, le dos de fausses blondes habillées trop court et trop serré. L'endroit aurait pu être ridicule — dans le genre décor de bar à maquereaux pour production fauchée —, sans cette atmosphère de violence un peu appliquée qui s'en dégageait. Mortellement sérieux jusque dans leur façon de rire, les mecs avaient tous l'air de chercher une bonne raison de se foutre en rogne, histoire de faire voler en éclats l'ambiance de trêve armée de ce bar à la con.*

En cherchant Vignole des yeux, j'ai croisé leurs regards lourds et las tapis au fond des poches à gnôle qui leur déformaient les paupières, et les femmes ricanaient bêtement en matant ma dégaine de jouvenceau, mes cheveux longs et la bosse qui enflait mon jean à l'entrejambe. J'ai senti une giclée d'influx parcourir mes nerfs et mes muscles. Je me suis vu écarter doucement les cuisses de la pute d'un de ces crétins sans cervelle et lui glisser un doigt, en le fixant comme un samouraï jusqu'à lui faire baisser les yeux. Seigneur Dieu, je me suis dit, ça fait combien de temps que t'as pas cassé le nez d'un de ces putains de gros durs ?

J'ai fini par repérer Vignole. Seul à une table du fond, il me regardait en souriant. Il avait pris le temps de se changer. Au lieu des slacks noirs et du blouson de cuir (noir aussi) qu'il portait tout à l'heure, il avait revêtu un costume de laine grège et une chemise de soie tête-de-nègre. L'ensemble avait l'air aussi souple qu'une soirée de printemps et devait lui avoir coûté une bonne moitié de son salaire mensuel.

— T'as pas l'air d'aimer l'endroit, dit-il en me dégageant une chaise, du bout de son mocassin manifestement rital.

— Au contraire, j'ai fait en m'asseyant. Je me demande juste combien tiendrait un de ces types face à une véritable manifestation de violence.

Amusé, il secoua la tête en rigolant.

— Contre toi ? Dix secondes si t'arrives à le descendre pour le compte avant qu'il dégaine...

Il m'a laissé le temps de rosir de plaisir avant de me tendre la main.

— *Je suis content que tu sois venu... Tu pouvais pas vraiment faire autrement, mais je suis content quand même.*

Il a commandé deux autres scotches. Sans me consulter, mais je me suis dit qu'il allait falloir que je m'y habitue.

— *J'ai un petit cadeau pour toi, il a fait en posant une fiche de bristol sur la table. Oh, pas grand-chose... Disons, un cadeau de bienvenue.*

Je n'ai pas eu besoin de prendre le bout de bristol pour voir qu'il portait le nom de Carole.

— *Lis-le... Tu peux même le garder, c'est moi qui les fabrique...*

Un jour, en me promenant avec mon père, j'avais vu un saltimbanque qui s'enfilait une épée dans le gosier contre les piécettes que les gens lui lançaient. Je m'étais longtemps demandé ce que ça faisait de sentir une lame froide vous entrer dans le corps sans en mourir sur le coup. Maintenant je le savais. La fiche donnait le nom complet de Carole, sa date et son lieu de naissance, son adresse, la mienne et celle de ses parents, elle donnait aussi le nom de l'organisation gauchiste dans laquelle elle militait (un sigle incompréhensible, mais d'inspiration manifestement marxiste-léniniste) et toutes les actions plus ou moins violentes qu'elle avait menées.

Nous y voilà, je me suis dit, la livre de chair, c'est sur le corps de ma belle que je dois aller la prendre.

— Je peux pas, j'ai fait en lui rendant la fiche.
Même si je le voulais, je pourrais pas. Elle se
méfie depuis que vous m'avez grillé au Pub…

— Tu me prends pour qui ? il a fait en rigolant.
Je t'ai dit que c'était un cadeau. La moitié du
cadeau, pour être précis. T'auras l'autre moitié
quand je t'aurai dit ce que je veux de toi.

J'ai respiré un grand coup. La lame sortait de
mon corps, j'étais encore vivant et je me suis cru
assez fort pour me sentir soulagé. Putain, quand
j'y pense, je me rends compte que malgré ma cervelle, mes muscles et ma jolie gueule, j'étais plus
con qu'un oisillon tombé du nid.

— Je me fous de ta gonzesse et de son grou-
puscule merdeux, il a continué d'une voix si dure
que tous les mecs autour de nous se sont mis
ostensiblement à ne pas nous écouter. Ils sont si
infiltrés qu'ils ne peuvent pas péter sans que je
sache ce qu'ils ont mangé. Je veux même que tu
te tiennes à l'écart de tous les groupes politiques
de la fac. De gauche comme de droite. Ignore-les.
Va aux cours, passe tes examens, fais du sport
et évite soigneusement de te faire remarquer. Tu
comprends ce que je te dis ?

Je comprenais que dalle, mais j'ai fait signe que
oui. Autour de nous, les durs et leurs grognasses
évitaient de nous regarder. Je sentais que si je
me levais pour en provoquer un à mort, il filerait
sans même oser lever les yeux. Je venais d'entrer

de plain-pied dans la sphère d'influence de Vignole, et c'était sacrément plus fort que tout ce que j'avais éprouvé jusqu'ici.

— Des balances, j'en ai à la pelle, poursuivit-il d'une voix douce, une voix que j'ai appris à connaître et qui résonne encore à mes oreilles comme la rengaine du démon. Tu vaux mieux que ça. Tu vaux mieux que tous ces petits cons qui se prennent pour des extrémistes avant d'aller rejoindre les rangs des contribuables. Tu crois vraiment que l'avenir de la France se joue à la fac ?

J'en savais rien. À vrai dire, je me foutais complètement de l'avenir du pays. Je ne me souciais que du mien et je commençais à croire que Vignole avait une sérieuse idée de la question.

— Qu'est-ce que vous voulez que je fasse ? j'ai demandé, sur un ton plus soumis que je l'aurais souhaité.

— Ce que tu sais faire, et que tu as déjà fait. Pas la peine d'y réfléchir maintenant. Prends ton temps. Essaye de comprendre qui je suis et qui tu es…

Il m'a glissé une carte de visite dans la main. À part un numéro de téléphone tapé à la machine, elle était vierge de toute inscription.

— Apprends-le par cœur et déchire-la. Si tu as le répondeur, ne parle jamais. Siffle le début du Chant des Partisans et raccroche.

J'ai acquiescé en me retenant de rigoler. Putain ! tout ce cirque commençait à ressembler à un roman de Paul Féval.

— Te gêne pas, petit, il a souri. Rigole tant que tu veux, mais ne t'avise jamais de dire un seul mot à ce répondeur…

La menace était si claire que je me suis senti rougir de colère. Qu'est-ce qu'il croyait, ce branleur en costard Armani ? Qu'il pouvait me faire peur avec ses mômeries ?

— Sinon quoi… ? j'ai ricané. Panpan cucul avec une serviette mouillée… ?

— Autre chose, pendant que j'y suis… Garde tes colères pour tes petits camarades… Mieux, garde-les pour toi… Tiens, voilà la deuxième partie de mon cadeau.

Et il a posé une autre fiche sur la table. Elle portait le nom et l'adresse d'un type.

YANN CHALUMEAU
115, AVENUE DE LA LANTERNE - NICE

— C'est le mec qui baise ta nana quand elle n'est pas avec toi… C'est-à-dire la plupart du temps, si mes renseignements sont exacts.

J'étais comme un dingue en sortant du St Rams. J'avais continué à picoler après le départ de Vignole. À la table d'abord, ensuite au bar, où j'avais cherché à passer ma rogne sur l'un ou l'autre des handicapés du ciboulot qui s'y tenaient, mais je n'étais arrivé qu'à me faire virer en douceur par un barman au torse de barrique qui maniait son club de golf comme une majorette à la parade.

Je pleurais de rage en marchant et les rares passants s'écartaient de ma route, gênés plus qu'effrayés par ce beau jeune homme incapable de maîtriser sa douleur. Jamais je ne me suis dit que Chalumeau tenait la place avant moi et que c'était lui, en fait, que Carole avait trahi, jamais je n'ai pensé que j'avais séduit une femme déjà amoureuse d'un homme plus âgé que moi (la fiche de Vignole mentionnait aussi sa date de naissance), non, je ne voyais que mon malheur, la trahison de Carole et la manière méprisante dont Vignole me l'avait jetée au visage. Le cœur lacéré et l'orgueil en berne, j'ai marché jusqu'à mon lit où je me suis jeté en grinçant des dents.

Au milieu de la nuit, j'ai enfin compris ce que Vignole attendait de moi. Le visage en sueur et la tête en feu, je me suis souvenu de ses paroles : « Essaye de comprendre qui je suis et qui tu es… » Je n'avais pas encore une idée très claire de ce qu'était Vignole mais, pour lui, j'étais un tueur et Chalumeau, la première cible qu'il me désignait.

Apaisé, je me suis endormi en me jurant qu'un jour je tuerais Vignole, même si c'était là le dernier acte de mon existence.

Le lendemain, je reçus par coursier une enve-loppe contenant trente mille francs en billets neufs et une note tapée à la machine.

Tu es engagé. Cette somme couvrira tes frais. Ne t'avise pas de me décevoir.

Rien d'autre. Ni signature ni ordre précis. Juste un tour d'écrou de plus et l'huile pour qu'il tourne sans grincer.

— Vous avez vu votre sœur ?

Le juge Aldebert a sa tête des mauvais jours. Je me dis que les choses sont en train de chauf-fer en haut lieu et qu'il doit sentir la pression monter.

— Oui. Je vous remercie de l'avoir autorisée à venir.

Marrant. On est chacun aux deux extrémités de l'ordre et de la justice et on se fait des polites-ses comme deux rats de salon.

— Ce n'est rien, dit-il avec un petit geste de la main. Vous savez que vous êtes en train de foutre un sacré bordel ?

Je souris. Il ne m'a pas habitué à de sembla-bles écarts de langage. Je remarque aussi que sa greffière s'abstient de taper l'entretien sur sa machine.

— Je suppose que mon avocat n'est pas très heureux qu'on se passe de lui...

— Il hurle, mais ce n'est pas le plus important... Il est en train de rameuter le ban et l'arrière-ban de la ville et de la justice pour qu'on vous libère sous caution.

— Surtout l'arrière-ban, non ? dis-je d'un ton sarcastique.

Il fait semblant de ne pas comprendre, mais je sais que, comme moi, il pourrait citer le nom d'un procureur et d'une poignée de juges qui seraient ravis de me voir dehors ; sans compter quelques députés, le maire et tous ceux qui tournent autour.

— Ils ont des chances d'y arriver ? je demande.

— Le dossier n'est pas bien gras... Tout un tas de présomptions, mais pas la moindre preuve avec, en face, une quantité d'alibis douteux mais difficilement réfutables. Normalement, je devrais pouvoir maintenir la détention jusqu'au procès, mais ce n'est pas une affaire normale...

— Vous savez ce qui se passera si je sors ?

Il hoche la tête en silence. Dehors, par la fenêtre, j'entends les bruits et les cris du marché Saleya.

— Vous êtes sûr de tenir plus longtemps à l'intérieur ? demande-t-il avec une moue sceptique.

— Je fais gaffe... Pour l'instant, ils ne savent pas exactement ce que je fabrique. Ils ont la trouille, mais ils doivent penser que je suis en train de me couvrir en prévision de ma sortie...

Je le regarde bien en face avant d'ajouter :

— De toute façon, c'est plus facile d'affronter un couteau qu'un fusil à lunette... Qu'est-ce qu'il vous faut pour retarder encore un peu les choses ?

— Vos aveux, fait-il avec un sourire torve.

— C'est trop tôt, mais je peux vous refiler un fait nouveau... J'ai tué un jeune Turc à Bruxelles... J'avais 16 ans...

— C'est un aveu ?

— Surtout pas, mais c'est vrai.

Et je lui ai tout raconté, sans omettre le coup du journal épinglé au tableau et le nom du pion persuadé que c'était moi le coupable.

— Impossible de prouver quoi que ce soit, mais j'ai de quoi lancer une commission rogatoire, dit-il en me regardant comme si je venais de gravir un échelon de plus vers l'abjection.

J'en ai rien à foutre de ses regards. Ce que je veux, c'est juste un peu de temps.

11

Je suis allé trouver Norbert et, avec une partie du fric de Vignole, je me suis payé une bécane volée et plus maquillée qu'un travelo du quartier Notre-Dame. Une jolie Harley 1 200 Sportser bleu acier avec des chromes à se mirer dedans et un guidon qui me mettait les mains au niveau des oreilles. Norbert aurait bien voulu savoir d'où je sortais le fric, mais je me suis contenté de lui sourire d'un air mystérieux avant d'aller m'acheter des fringues sur l'avenue Jean-Médecin.

Je me suis un peu pavané du côté de la fac, mais Carole était introuvable. Comme elle n'était pas non plus chez elle, j'ai remonté l'avenue de La Lanterne jusqu'au numéro 115, et j'ai vu sa voiture garée devant. J'ai caressé un moment l'idée de shooter dans la porte de ce connard et de lui casser un os ou deux devant la belle, mais je me suis dit que j'avais tout à y perdre : Carole, et mes chances de le tuer sans me faire prendre.

Garde ta colère pour toi seul, j'ai pensé, et quand j'ai compris que je ne faisais que me répéter les conseils de Vignole, je suis reparti et j'ai roulé jusqu'à la bibliothèque où j'ai potassé rageusement un exposé sur Kant pour le lendemain.

Le soir, j'ai raconté à mes parents que j'avais trouvé un boulot qui payait bien et, montrant mes fringues neuves (j'avais planqué la moto et mon casque dans le hangar d'un copain), je leur ai dit combien j'étais heureux de pouvoir enfin ne plus dépendre du maigre budget familial. Ma mère n'a même pas levé un œil sur moi, mais mon père m'a regardé comme si je venais de lui offrir un vrai poil de la vraie barbe de Marx. Un peu honteux, j'ai filé dans ma chambre bosser sur Kant et ses idées tordues.

J'ai travaillé une bonne partie de la nuit en essayant de ne pas penser à autre chose.

En entrant à la fac, j'avais formé le projet d'être le meilleur de mon amphi, histoire de prouver à je ne sais qui (à moi, sans doute ?) que je pouvais continuer à être le patron, quelle que soit la situation. J'éprouvais le plus grand mépris pour mes condisciples, que je sentais prêts à tout avaler du moment que ça tombait tout chaud de la bouche de l'autorité universitaire ; quant à mes profs, je les soupçonnais de se draper dans le vague extrême du discours philosophique et de leur savoir en général pour raconter n'importe quoi. Mon père, qui avait fréquenté les gauchistes de la grande époque, disait toujours avec admiration que leur premier boulot avait consisté à être les meilleurs en tout pour contester et laminer le contenu idéologique de l'enseignement bourgeois, et je trouvais aussi cette position tout à fait admirable. Non pour dénoncer un quelconque contenu dont je me foutais parfaitement, mais bien parce qu'elle permettait de faire le malin tout en gardant subtilement le contrôle du pouvoir.

C'était avant mon entretien avec Vignole, avant que je ne sois sérieusement déstabilisé par l'annonce de mon infortune amoureuse et par la façon méprisante dont il me l'avait balancée.

Cette nuit-là, j'eus un mal fou à faire entrer les concepts dans leurs cases. Les idées filaient sans que mon cerveau soit capable de les retenir, et le remarquable outil que je croyais m'être forgé n'était plus qu'une passoire lamentable, à peine capable d'ajouter deux à deux sans le secours de mes doigts. Enragé, humilié, je lisais ce pauvre Kant comme si c'était le catalogue des armes et cycles de Manufrance. Une arme ! voilà la solution. Il me fallait une arme, une vraie et pas un outil théorique juste bon à éblouir les cons.

Au petit matin, je me suis réveillé le nez sur ma table, la tête encore farcie de scènes où le sang et la poudre menaient le branle sur fond d'empirisme kantien.

Une heure plus tard, je sonnais chez Carole. Le trajet et l'air frais de l'automne m'avaient suffisamment calmé pour que je puisse parler sans trop grincer des dents. Elle était manifestement seule. C'était une chance, car je ne m'étais pas vraiment posé la question. Qu'aurais-je fait si Chalumeau était venu m'ouvrir la porte en caleçon ? Je n'en sais rien, mais j'y ai pensé si souvent que j'en suis arrivé à la conclusion que ça lui aurait probablement sauvé la vie. Comment tuer son rival sans éveiller les soupçons, quand on l'a déjà surpris à poil et sortant du lit de votre maîtresse commune ?

Mais elle était seule.

Carole faisait partie de ces gens qui ne peuvent se réveiller sans un peu de temps et beaucoup de café. Elle m'a ouvert sans rien dire et, assis dans sa cuisine, j'ai attendu qu'elle chauffe. La mèche était longue, et elle si craquante dans sa nuisette transparente que l'idée m'est venue de tout oublier, de ravaler ma honte et ma colère, de la séduire encore et encore jusqu'à rester seul en lice…

— *T'as intérêt à trouver une bonne excuse, elle a fait enfin d'une voix rogue, et j'ai compris que rien ne pourrait arrêter le processus.*

— *T'avais raison pour Vignole, j'ai dit. Avant-hier soir, il m'a donné rendez-vous dans un bistrot.*

— *C'est pas une raison pour débarquer chez moi sans prévenir... Merde, Antoine, c'est pas dans nos accords...*

— *Je sais, je sais, j'ai dit en baissant les yeux avec un air désolé. C'est juste qu'il m'a parlé de toi.*

Elle s'est redressée d'un coup. Elle avait l'air soudain vachement réveillée.

— *Qu'est-ce qu'il t'a dit ?*

— *Rien. Il s'est contenté de me faire lire une fiche... Il voulait que je sache ce que tu faisais quand on n'était pas ensemble.*

— *C'est tout ?*

— *Merde, c'est déjà pas mal, j'ai dit. T'as les flics aux fesses et c'est par lui que je l'apprends... Putain, Carole ! je croyais qu'on s'aimait un peu...*

— *J'allais t'en parler, elle a fait en posant sa main toute chaude sur mon bras. Fallait que j'attende encore un peu... que je sois sûre... Enfin, tu me comprends...*

— *Bien sûr que je te comprends, j'ai dit en lui caressant la main. Mais maintenant, va falloir que tu m'en dises un peu plus.*

Elle a retiré sa main d'un coup. Sous son sourire, ses yeux flambaient comme un cordon Bickford allumé.

— *Pas sur toi ni sur ton organisation, idiote, j'ai dit en la prenant dans mes bras. Tu penses* bien qu'avec Vignole dans le décor, moins j'en saurai, mieux ça vaudra...

Je l'ai sentie se détendre. Elle m'a regardé gentiment, et je me suis demandé ce qui me retenait de lui casser le nez.

— C'est sur lui qu'il faut que j'en sache plus, j'ai fait d'une voix apaisante. C'est qui ce type ? Et ne me dis pas que c'est un RG comme les autres...

— Non, souffla-t-elle. C'est pas un RG comme les autres...

On a fini au lit, ce matin-là, mais avant elle m'a raconté ce qu'elle et sa bande savaient sur Vignole. Ils ne pouvaient rien prouver, bien sûr, mais ils étaient certains qu'il était membre d'une organisation secrète et fasciste de la police, qui bossait dans l'ombre pour préparer le terrain aux partis politiques d'extrême droite, une sorte de bras armé sans le moindre lien apparent avec le Parti, mais qui faisait le sale boulot à sa place. « Un peu comme le SAC à l'époque du gaullisme triomphant, si tu vois ce que je veux dire... », fit-elle avant que je ne la bâillonne d'un baiser.

Un peu, que je voyais. On ne pouvait pas dire que c'était une vraie surprise mais, maintenant, je savais.

J'ai du mal à poursuivre. Ce matin, le soleil envahit la bibliothèque et j'entends les oiseaux chanter de l'autre côté du mur. C'est un temps à paresser. Le vieux Juif tourne autour de moi. Hier, il m'a demandé ce que j'avais à écrire de si important. Je n'ai pas su quoi répondre mais, aujourd'hui, j'ai envie de tout lui dire, de me confesser comme je sais que ma mère allait le faire de temps en temps, en cachette de mon père. Je me dis que ce serait plus facile, que ça irait plus vite de tout dire que de tout écrire, que je n'aurais plus à vivre en compagnie de ce tueur que je ne reconnais plus. Pure illusion, bien sûr. C'est bien de moi qu'il s'agit mais, en les mettant à plat, je suis incapable de trouver la moindre justification à mes actes. C'est comme si l'écriture les rendait encore plus froidement monstrueux qu'ils ne l'ont été. Je me souviens de chacun de mes gestes alors que mes sentiments, mes motivations profondes restent enfouis dans une part de moi inaccessible à la seule mémoire.

Ce travail me tue. Il faut pourtant que je me force à m'en réjouir. C'est peut-être une des premières manifestations de cette justice que j'ai tant méprisée.

Pourquoi n'ai-je pas fui alors qu'il m'était encore facile de le faire ? Pourquoi n'ai-je pas tué Vignole tout de suite, alors que je m'étais promis de le faire un jour ? Je ne sais pas. Sans doute était-ce ce mélange enivrant de puissance et d'impunité qui me traquait, depuis que j'avais décidé d'être le marionnettiste de ma vie et de celle des autres. Élevé au son des hymnes révolutionnaires par un père esclave du capital, mais qui pleurait chaque fois qu'il chantait la violence et le martyre des héros bolcheviques, j'ai dû me faire une idée du monde où la mort n'était qu'un piédestal pour ceux qui la donnaient, où la victoire comptait plus que les moyens de l'obtenir. Fils de prolo surdoué, je me suis peut-être noyé dans la certitude de mon destin historique. En cette fin de siècle, si confuse que l'on a pu y voir des gens passer d'un extrême à l'autre en jurant qu'ils n'avaient changé ni de veste ni de discours, j'ai sans doute cru que la vérité n'existait plus…

J'ai quitté Carole ce matin-là bien plus amoureux que je ne l'aurais souhaité. Elle m'avait fait l'amour avec une violence inhabituelle, que j'avais attribuée à la peur. Peur de Vignole ? Peur d'avoir à me larguer ? Peur que je ne lui en aie dit bien moins que ce que j'avais appris… ? Je n'en savais rien d'autre, que sa peur que je sentais battre à l'unisson de cet orage d'automne qui éclatait sur la ville et qui cognait contre les vitres de la chambre.

Je suis reparti sous une pluie battante et un ciel plus plombé qu'un filet de pêche.

*Mille fois, j'avais failli lui parler de Chalu-
meau. Lui mettre le marché en main, la sommer
de choisir entre lui et moi, mais je m'étais chaque fois souvenu de la réponse de ma mère le
jour où je lui avais demandé pourquoi elle n'y
allait pas franco avec mon père. « Vas-y. Pose-
lui la question : c'est moi ou ton anarchiste ?*

*— Si tu le demandes, c'est que t'as déjà perdu »,
m'avait-elle dit avec son sourire de strega.*

*Le vent soufflait dur sur la Promenade, et les
palmiers dansaient comme des grandes gigues
ébouriffées. Il venait du large et j'avais toutes les
peines du monde à maintenir ma moto dans
l'axe. Il aurait suffi que je me laisse aller à parler
pour que Chalumeau vive. Avouer le connaître
était m'obliger à ne pas le tuer.*

*Je me suis dit que, dans le fond, c'était un peu
ma mère qui allait le tuer.*

*Le problème était surtout : comment l'exé-
cuter ? J'avais fini par comprendre que Vignole
se foutait pas mal de mon honneur de cocu. Le
groupe de Chalumeau et de Carole avait décidé
de rassembler le maximum d'indices contre lui,
et c'était la peau du chef des emmerdeurs qu'il
voulait. Si la mort de Chalumeau ressemblait un
tant soit peu à un assassinat, je pouvais dire adieu
à Carole. Elle filerait si vite et si loin qu'il me
faudrait autre chose qu'une bécane de frimeur
pour la rattraper. J'ai même cru qu'elle allait*

filer avant, tant la peur mettait de temps à la quitter depuis que je lui avais parlé de Vignole.

Merde, tuer Chalumeau pour perdre Carole, ça n'avait pas de sens.

La première chose que j'ai découverte, c'est que Chalumeau était noir. La seconde, c'était que je le connaissais déjà. Il faisait du karaté dans un club du centre-ville et nous avions participé ensemble à des démonstrations publiques. C'était un Antillais costaud et rapide, que j'avais même affronté une fois dans un championnat de ligue. Il m'avait battu mais je l'avais pris plutôt bien, vu qu'il était plus vieux et plus vicieux que moi.

En principe, j'en avais rien à foutre qu'il soit noir. Mon éducation et ma conception du monde m'avaient tenu éloigné du racisme. Quand j'étais petit, tous les hommes étaient égaux et, par la suite, je suis devenu le seul étalon de valeur. N'empêche que je me suis demandé comment une Blanche faisait pour coucher avec un Noir, et à quoi ressemblaient leurs corps quand ils se tordaient sous la couette. Je me souviens avoir essayé de ne pas trop y penser, mais je sais bien que c'est là que j'ai commencé à le haïr vraiment.

Je me suis mis au boulot. Un temps pour mes études, un temps (petit) pour Carole et le reste pour Chalumeau. Évidemment, ce salaud était parano comme un conspirateur, et j'en ai salement chié pour le suivre sans lui chatouiller les antennes. J'ai tout noté. L'heure de ses cours à la fac de Sciences de Valrose, la salle où il s'entraînait, les bistrots qu'il fréquentait, mais je ne me suis jamais risqué à mettre le nez dans leurs réunions. Je savais que j'avais toutes les chances de me faire prendre, ou de buter dans un flic en train de faire le même boulot que moi. J'en avais rien à battre. Je savais maintenant que les jours où Carole ne pouvait pas, c'est qu'elle pouvait ailleurs. Une petite séance de subversion, une petite séance de baise, c'était leur rythme et moi, pendant qu'ils baisaient, je cherchais en vain un moyen de le tuer.

À part le vaudou, ou m'arranger pour lui refiler quotidiennement une dose de poison qui mettrait deux ans à le tuer, j'ai rien trouvé.

Carole s'était calmée avec le temps qui filait, pendant que je cherchais à résoudre la quadrature du cercle. Même si elle continuait à ne rien me dire de ses gamineries secrètes, sa méfiance envers moi refluait sensiblement. Ce fut sans doute la période la plus heureuse de notre histoire d'amour. Plus j'entrais dans l'intimité de mon rival, et bien qu'il fût toujours aussi noir, plus je me sentais à l'aise dans celle de Carole. Je déguisais ma jalousie en tendresse, comme pour la consoler à l'avance du chagrin que j'allais lui faire, et elle me traitait avec la douceur et l'impudeur d'une maîtresse coupable. Ça ne faisait pas

147

avancer mes affaires, mais ça me les faisait presque oublier.

C'est Vignole qui en a eu marre le premier.

Il m'a coincé dans le hangar où je planquais ma moto, et j'ai bien été obligé de lui dire ce qui m'arrêtait.

— Putain ! si je le tue pour la perdre, je vois pas l'intérêt, j'ai fait en prenant mon air le plus con.

— Je comprends que tu y tiennes, mon petit Antoine, il a fait sans se fâcher. C'est à toi de voir...

Il ne m'avait plus rien envoyé depuis la première enveloppe, mais il y avait bien plus qu'une menace de blocus financier dans sa voix.

— Merde, j'ai fait. Vous pourriez au moins me donner une idée.

— Fais comme moi, mon pote. Démerde-toi... Embauche du personnel.

Et il a foutu le camp.

J'ai passé la nuit à cogiter là-dessus. « Embauche du personnel. » C'était une idée à la con ; que ce soit moi ou un autre qui assassine Chalumeau, ça restait quand même un assassinat. D'un autre côté, Vignole n'était pas du genre à plaisanter sur un sujet aussi grave que l'élimination d'un ennemi. Je me suis mis sur le problème comme si c'était une putain de question de cours et au matin, j'avais trouvé.

J'ai composé le numéro secret de Vignole, j'ai eu le répondeur et, comme un con, j'ai sifflé le Chant des Partisans *dans le combiné.*

Le lendemain soir, il m'attendait au même endroit.

— *T'as une idée ?*

— *J'ai pensé à Norbert, j'ai fait sans le regarder.*

— *Tu sais que t'as vraiment de l'avenir, il a dit avec un sifflement admiratif. T'as besoin de quelque chose ?*

— *Je le vois plus trop... Dans quoi est-ce qu'il trafique en ce moment ?*

— *Tu le connais... Un peu de dope, de la mécanique et tout ce qui peut tomber du camion... C'est un minable.*

— *Me prenez pas pour une bille, inspecteur, j'ai fait. Je suis sûr que vous le tenez aussi serré que moi.*

Il a éclaté de rire.

— *Et alors ? Qu'est-ce qui te fait croire que je vais te balancer un type qui bosse pour moi.*

— *Vous l'avez dit. C'est un minable. Un pion. Moi, je suis au moins un cavalier. On peut sacrifier un pion pour soutenir un cavalier, non ?*

Il m'a regardé un bon moment sans rien dire. Moi, je serrais les fesses en me demandant si j'étais pas allé un peu loin, si j'étais bien autre chose qu'un pion dans le jeu de Vignole.

— Je t'aime bien, Antoine, finit-il par dire. Je sais qu'il va falloir que je me méfie sacrément de toi, mais je t'aime bien quand même. Tu sais, j'ai tellement l'habitude de bosser avec des abrutis que j'en ai presque oublié de faire gaffe aux cerveaux qui travaillent, comme le tien. Tu comprends ce que je veux te dire ?

— Pas bien, j'ai fait en rougissant comme le gamin que j'étais. C'est vous qui tenez toutes les cartes, non ?

— Et ne compte pas sur moi pour en lâcher une seule. Tu joues aussi au stud, je suppose ?

— Ouais, j'ai dit, la gorge serrée. Suffisamment pour me méfier de la carte cachée, en tout cas.

— Bien, continue… Norbert fait des heures sups avec une bande d'abrutis aux crânes rasés qui cassent du bronzé la nuit. C'est pas que ça change grand-chose, mais ça fait un peu de ménage et ça entretient une saine ambiance… On s'arrange généralement pour que les flics ne traînent pas dans le coin, mais il suffit d'une fois…

J'ai appelé Norbert, je suis monté le voir avec deux bouteilles de Jack Daniels et j'ai picolé en faisant la gueule, jusqu'à ce qu'il me demande qui m'avait bouffé ma soupe.

— Un putain de Black, j'ai fait, et si c'était que ma soupe… C'est la chatte de ma gonzesse que ce pédé bouffe… Tu te rends compte, mon pote ? Cet enfoiré baise ma femme et je ne peux rien faire...

— Qu'est-ce qui t'empêche ? dit-il, visiblement outré par ce crime contre les lois de la nature. Je suis sûr que tu peux lui casser la tête en te servant d'une seule main.

— J'peux pas... Il me connaît... C'est un coup à me faire virer de la fac.

Norbert n'avait jamais été foutu de passer son BEPC, mais il suivait ma carrière universitaire comme un fan des champs de courses suit son cheval fétiche. Il se vantait publiquement de mes diplômes et, les rares fois où je le voyais encore, il m'incitait à ne pas lâcher en me prodiguant ses conseils à la manière d'un manager entre deux rounds. Allez savoir où va se nicher la vanité ?

— Je m en charge, il a fait d'un ton suffisant. T'as juste qu'à me donner une nuit, une heure et un itinéraire.

J'ai objecté que le type était vif et costaud, mais Norbert s'est contenté de sourire en affirmant qu'il n'avait jamais rencontré de Nègre assez balèze pour échapper à son destin.

12

— C'est quoi cette histoire de Turc ?

Maître de Ferasse n'a pas l'air dans son assiette. Il a mauvaise mine, l'air d'un type qui dort mal. J'ai envie de rigoler, mais je me dis que c'est pas le moment.

— Quel Turc ? je demande en forçant un peu sur l'inquiétude.

— Aldebert a envoyé une commission rogatoire à Bruxelles. Il prétend qu'il est sur la piste d'un meurtre que vous y auriez perpétré, il y a quelques années. Un jeune Turc retrouvé mort d'un coup de couteau...

Perpétré... Le jour où j'en aurais fini avec cette ordure, il lui faudra autre chose que des gargarismes de belles phrases pour s'en sortir. En attendant, je lui sers mon air le plus accablé :

— Encore cette vieille histoire ! Les flics m'ont déjà cuisiné à l'époque. Il se trouve que j'étais bien à Bruxelles ce jour-là... C'est tout ce qu'ils ont pu trouver.

— Quels flics ?

— Un seul, en fait. Vignole.

Il a l'air un peu rassuré. Normal. Vignole est mort et s'il était encore vivant, il serait le premier à vouloir me faire sortir du trou.

— C'est bizarre, il fait. Je me demande comment Aldebert a bien pu tomber sur ce truc...

C'est le moment de piquer ma rogne. Je le fais avec d'autant plus de conviction que j'ai *vraiment* envie d'écraser cette merde contre le mur. Je prends son beau stylo, un Mont Blanc à deux cents sacs, et je le lui pointe dessus comme un flingue.

— Ça, c'est votre boulot, je dis en laissant déborder ma rage. Si c'est tout ce que vous avez trouvé pour me laisser moisir dans ce trou, j'aime autant vous dire que c'est un peu juste. Je veux sortir, Ferasse ! et par la grande porte... Pas d'évasion foireuse, ni de coup fourré dans le même genre. Démerdez-vous pour trouver quelque chose... Une magouille ou un lampiste, mais dites-vous bien que moi, je suis trop dangereux pour rester là. J'ai de quoi vous casser comme ça...

Et je lui pète son stylo en deux morceaux. L'encre me coule sur les doigts. Je la regarde comme si c'était du sang. Je dois avoir l'air d'un dingue, mais c'est le but recherché.

— Filez-moi un mouchoir, bordel ! je fais en grinçant des dents. Vous voyez pas que ce truc pisse comme une jeune vierge ?

Tétanisé, il me tend un joli morceau de batiste parfumée que je salope consciencieusement.

— Merde, je dis soudain calmé, en lui rendant son mouchoir. Vous savez pas ce que c'est...

Cette fois-ci, je ne suis pas loin de la vérité. J'en ai marre de la prison, marre de passer des nuits blanches à cogiter sur les saloperies que je vais écrire dans la journée, marre de faire revivre des fantômes...

— Je vous comprends, Giordano, fait ce faux cul en essayant de recoller les deux morceaux avec son bout de tissu foutu. On était sur le point d'y arriver... C'est cette histoire de Turc qui...

— Combien de temps ? je coupe d'un ton las.

— Oh, pas longtemps... Donnez-moi un mois... Peut-être moins, mais pas davantage...

Je me lève et je m'en vais, en lui faisant un geste qui peut passer pour une vague excuse.

Un mois... Je suis sûr que cet enculé mondain a gobé l'appât et l'hameçon jusqu'au pylore.

J'ai un mois.

Mon vieux Juif me regarde d'un air inquiet. Je lui fais signe que tout va bien, mais il ne semble pas convaincu.

Ce fut facile. Norbert et sa bande ont coincé Chalumeau dans une petite rue derrière le port. Je ne sais pas ce qu'il allait faire dans ce coin, sans doute prêcher la bonne parole aux trois dockers qui subsistaient à peine dans ce bassin moribond, mais je sais qu'il n'a rien vu venir. Le premier coup de goumi l'a fait dégringoler de son scooter et les skins se sont tout de suite mis à lui shooter dans le ventre à grandes rafales de Doc Martens coquées. J'ai attendu que les flics s'annoncent pour sortir de mon trou et je lui ai brisé la nuque avec une batte que j'avais piquée chez Norbert. J'ai laissé la batte sur place et je suis retourné me planquer.

Le lendemain, j'ai lu dans Nice Matin *qu'on avait arrêté le chef des skinheads qui terrorisaient la ville. Cette fois-ci, l'affaire était grave : leur victime, un étudiant antillais de la fac de Sciences, était mort, la nuque brisée par une batte de base-ball sur laquelle on avait trouvé de nombreuses empreintes de Norbert Pancrazi.*

Je me suis arrangé pour trouver une bonne raison d'aller voir Carole de bonne heure et, au milieu d'une conversation plutôt houleuse, j'ai jeté le journal sur la table.

— Ces ordures de skins ont massacré un Black cette nuit, j'ai dit d'un air dégoûté. Un étudiant, en plus...

156

— Ça veut dire quoi, en plus ? elle a râlé. Ça change quelque chose qu'il soit étudiant ?

J'ai pas eu à répondre, parce qu'elle a vu la photo de Chalumeau et que ça lui a fichu un sacré choc.

C'était vraiment un coup de salaud que je lui faisais, mais je voulais voir comment elle allait s'en sortir, comment elle pleurerait son pote sans me laisser voir que c'était son amant. Je croyais bien que ça me vengerait des bouffées de jalousie féroce qui me ravageaient le ventre chaque fois que je les imaginais en train de crier et de se griffer comme des animaux impudiques, mais ça n'a pas marché. Blême et droite, elle a vacillé comme si une bourrasque violente avait traversé la pièce, sans heurter autre chose que son corps tendu.

— Ça va ? j'ai demandé.

Elle m'a regardé, mais je ne suis pas bien sûr qu'elle m'ait vu.

— Laisse-moi, Antoine, elle a dit d'un ton doux et ferme, laisse-moi, j'ai des choses à faire.

— Tu le connaissais ?

Sans répondre, elle m'a gentiment poussé dehors et je suis resté là, sur le seuil, à ruminer ma peur et ma frustration.

Elle est restée avec moi. Je n'ai jamais réussi à savoir si elle avait senti ou non la patte de Vignole dans l'exécution de son héros, mais elle est restée.

À vrai dire, je n'ai pas non plus réussi à percer le secret de sa relation avec Chalumeau. Elle ne m'en parla pas plus après sa mort qu'elle ne m'en avait parlé avant, et je me demande encore si c'est bien un rival que j'ai tué. Le surlendemain du meurtre, j'ai reçu une grosse enveloppe de billets neufs et craquants et Vignole n'y est plus jamais revenu. Je crois qu'il a compris qu'il n'avait pas vraiment intérêt à faire le mariolle sur le sujet. Je sais maintenant que Chalumeau serait mort de toute façon, mais je sais aussi que son assassinat m'a plongé jusqu'au cou dans les suivants, que j'étais allé trop loin pour reculer et qu'il allait falloir que je fonce dans le trou pour essayer de m'en sortir.

Honnêtement, assis devant mon cahier, je ne sais toujours pas si j'aurais tué Yann Chalumeau si on ne m'avait pas dit qu'il baisait Carole.

J'ai beau me dire que c'est une question de pure rhétorique, que j'en aurais sans doute tué d'autres, que Vignole m'avait déjà ferré et que j'étais trop jeune, trop faible et trop gangrené pour lui échapper, ce crime me hante toujours comme les taches de sang sur les mains de Macbeth. Je suis comme lui ; pourquoi, au milieu d'un tissu de meurtres, un seul vous souille-t-il plus que tous les autres ?

Le résultat, c'est que je suis tombé éperdument amoureux de Carole. Je l'aimais avant, bien sûr, mais presque à mon insu, sans trop savoir pourquoi. Son corps, sa bouche, sa voix, sa façon de bouger au lit et en dehors, son intransigeance, son intelligence, je pouvais tout détailler et adorer chacun des morceaux sans être jamais foutu de percevoir l'ensemble. Maintenant, je me dis que c'est peut-être ça qui m'a manqué toute ma vie : voir le monde comme un bloc de sens, un endroit où le papillon de Sibérie peut vraiment foutre la tour Eiffel par terre. Je n'en étais certes pas encore là, mais j'ai soudain pris Carole en pleine gueule comme une claque, qui me sonne encore à l'heure où j'écris ces lignes.

Je lui ai laissé le temps du deuil. Je me suis fait tout léger, prévenant sans jamais être indiscret. Je lui ai parlé d'amour comme un peintre impressionniste parle à sa toile, j'y ai mis le temps mais j'y suis arrivé. Peut-être pas à lui faire oublier Chalumeau, puisque je n'ai jamais su si elle l'avait aimé, mais à ce qu'elle me manifeste un petit quelque chose de plus qu'avant sa mort.

C'était une situation horriblement inconfortable pour un jeune homme amoureux, mais j'étais incapable de quitter Carole.

Avec le fric de Vignole, j'ai pris un studio en ville.

Norbert, lui, a pris vingt ans et une cellule aux Baumettes.

En dehors de ses enveloppes régulières, Vignole a disparu de mon paysage. Je voyais de temps en temps dans le journal des saloperies qui portaient sa griffe, Arabes flingués en pleine nuit au fusil de chasse ou hold-up réglés au mini-poil qui laissaient la police sans l'ombre d'un indice, mais il semblait pouvoir se passer de moi.

J'ai continué à bosser comme un dieu.

De temps en temps j'allais voir mes parents, mais le bonheur béat de mon père était bien plus difficile à affronter que la haine froide et lucide de ma mère, et j'ai fini par espacer mes visites.

Dans l'ensemble, les filles que je rencontrais avaient l'air de me vouloir beaucoup de bien. À force de ne pas les voir, je me suis fait une réputation de citadelle imprenable ; une sorte de Graal sur la feuille de perf des mignonnes en quête d'exploit.

Je voyais souvent Carole. Aucun de nous n'avait envie d'habiter chez l'autre.

J'aurais pu être heureux, mais je me sentais à la fois flasque comme une outre vide et tendu comme une corde de piano.

J'attendais…

13

Pendant deux ans, j'ai pas fait grand-chose.

J'ai passé mon DEUG de philo avec succès. Carole en a fait autant avec sa licence de socio. Nous habitions toujours chacun chez soi. Mes activités de tueur appointé étaient au point mort, mais je continuais à recevoir régulièrement les enveloppes de Vignole que je ne voyais que rarement. Il me tombait dessus de temps en temps, toujours par hasard, mais je sentais bien que c'était plus pour maintenir la pression que par envie ou besoin réel. Nous buvions un verre ou deux dans l'un des bars de nuit qu'il affectionnait tant, des rades pleins de semi-putes et de durs à la mie de pain qui baissaient les yeux sous mon regard, comme s'ils savaient que j'avais licence de les casser en deux en toute impunité, et il me donnait des nouvelles de l'irrésistible montée du Parti. « Tu y auras ta place un jour, disait-il d'une voix rêveuse, presque affectueuse. Continue juste à bosser et à rester disponible. *La révolution nationale a besoin de gens comme toi, des hommes capables de tuer et d'apprendre...* »

La révolution nationale ! Vue d'où j'étais, elle me semblait surtout minable et peuplée d'un invraisemblable rassemblement de crétins. Je lisais régulièrement leurs tracts et leur presse et je n'y trouvais rien qui puisse me faire espérer qu'ils pourraient un jour régner sur le pays. L'étude de la philosophie avait fini par m'installer sur d'autres hauteurs et, entre les délires druidiques des nazis nostalgiques des légendes celtiques et le retour au Moyen Âge prôné par les cinglés de l'intégrisme catho, j'avais du mal à retrouver dans leurs écrits la rigueur ou les intuitions des penseurs qui avaient fait la civilisation. Quant à leurs théories économiques, elles me semblaient du niveau des petits commerçants illettrés qui constituaient le gros de leur base électorale : suppression des impôts, les étrangers dehors et les femmes à la maison. Pendant ce temps, le monde se construisait en abolissant les frontières sous les coups de boutoir impavides de la puissance de l'argent. C'était dans ce camp-là que je voulais prospérer, pas dans celui des frustrés qui préfèrent crever pauvres et cons dans un univers où ils auraient aboli la richesse et l'intelligence.

Et ça marchait. Le petit peuple se ruait dans la brèche avec l'enthousiasme qu'il avait mis à se ruer dans les discours communistes que tenait mon père quand j'étais gosse. « En galère ceusse qui ont des sous et en galère ceusse qui les adorent... », disait toujours la marchande de poissons du marché de la Libération, en prenant l'Huma Dimanche qu'il lui vendait en souriant.

Maintenant, toujours aussi jovialement enragée, c'était au vendeur du journal du Parti qu'elle le disait. J'avais l'impression d'avoir fait le tour complet, de m'être sorti à grand-peine d'une zone d'influence étouffante pour aller jouer les deus ex machina clandestins dans la même, mais en plus crade. Au moins, derrière le discours populiste des communistes, je me souvenais quand même avoir perçu le rempart solide d'une théorie visant à l'amélioration de la condition humaine. Ici, rien d'autre que la glorification de la nation et des abrutis qui la composent.

Mon père en était conscient. Exclu du Parti, mais trop fidèle pour le critiquer ouvertement, il lisait son journal sans le jeter contre le mur et il avalait tristement des éditos qui se rapprochaient de plus en plus dangereusement de ceux qu'il avait autrefois combattus dans les maquis et, ensuite, à coups de manche de pioche. Finalement, il cessa d'acheter l'Huma et s'abstint peu à peu de tout commentaire sur la politique.

Ma mère se contentait de me mépriser à peine secrètement. Elle n'aurait pas été étonnée d'apprendre ce que j'étais devenu. En ce qui me concernait, sa religion était faite : assassin, menteur, pervers et certainement gangster, vu qu'elle ne se faisait aucune illusion sur le prétendu travail qui remplissait mes poches.

Ma sœur vivait sa vie de fille de prolo sans ambition. Elle peinait à passer un bac de comptabilité et se faisait sauter par des petits jeunes gens aussi ambitieux qu'elle.

Carole aurait pu m'aider.

Je la soupçonnais de poursuivre ses activités militantes, mais la mort de Chalumeau et ce qu'elle savait de mes rapports avec Vignole l'avaient rendue plus prudente qu'un serpent. J'avais fini par comprendre qu'elle ne m'aimait pas, qu'elle ne m'aimerait jamais. Moi, je l'aimais pour deux. Remords ou réelle passion ? Je n'en savais rien, comme je ne savais rien de ce qui la faisait rester avec moi. Les jours de déprime, je me disais que j'avais tué le seul homme qui comptait pour elle et que j'avais tué du même coup son lien avec l'amour ; alors, moi ou un autre ?... Le reste du temps, j'espérais un miracle en me montrant le plus prévenant des amants et le plus discret des amoureux.

— Je crois que t'as raison, tu sais, je lui ai dit un jour où nous venions de faire l'amour comme jamais.

— À propos de quoi ? fit-elle sans me laisser finir. Quoi que je dise ou que je fasse, tu es toujours d'accord avec moi...

— Évidemment... Tu n'essayes jamais de me parler d'autre chose.

— Quoi, par exemple ? Et comment sais-tu que j'ai raison, puisque je t'en parle jamais ?

— Tes idées politiques... T'en dirais plus à ton chien si t'en avais un.

Elle s'est redressée sur un coude pour mieux me regarder. Une rigole de sueur coulait entre ses seins.

— Laisse tomber, Antoine, elle a fait d'un ton las. Je t'en demande pas tant.

— Mais pourquoi, bon Dieu ! Je suis trop con pour comprendre ?

— T'es trop con pour rien... C'est juste que ça s'attrape pas que par le cerveau... Je suis bien avec toi, Antoine, pas la peine d'aller chercher ce qui coince.

Elle s'est levée pour préparer du café. Je suis resté à la regarder dans le soleil qui filtrait par les rideaux. Putain ! je ne connaissais rien de plus beau que son corps.

— Tu ne te dis jamais que je pourrais avoir besoin de toi ? j'ai demandé d'un ton rogue.

— Pour quoi faire ? Te donner des cours particuliers d'amour de l'humanité ? J'y ai pensé au début...

— Et alors ?

— Alors rien…

Elle est revenue vers le lit et, d'un long baiser, elle m'a plaqué contre les oreillers. Sa bouche sentait le sexe et le tabac.

— Alors, ça vaut mieux comme ça… Disons que j'aime mieux te garder comme objet d'étude.

— Je vois, j'ai dit en rigolant un peu jaune. Une thèse de socio sur l'évolution d'un brillant fils de communiste sorti de son milieu…

— Arrête ça !

Elle ne rigolait plus. Elle s'était cambrée, la voix sèche et l'œil noir, elle oscillait au-dessus de moi comme un cobra prêt à mordre.

— Je ne sais pas exactement qui tu es, Antoine, mais arrête de te présenter comme le produit d'une famille communiste… C'est peut-être une hérésie dans ma bouche, mais je crois que tu n'es le produit de rien… T'es comme… comme une expérience de génération spontanée…

Ça m'a foutu un coup. Pas marrant d'être vu comme du jus de laboratoire par la femme qu'on aime.

Je l'ai laissée repartir vers la cuisine avant de lancer :

— Pour ce que t'en sais, je pourrais être aussi un fasciste… D'ailleurs, communistes, fascistes, c'est tout pareil. Les uns votent pour les autres sans se gêner, non ?

— *Non,* elle a fait sans se retourner.

— *Non quoi ?*

— *Non à cette discussion. Je refuse d'en parler avec toi... Si tu veux faire de la politique, inscris-toi à l'ENA ou à Sciences Po...*

Je n'ai pas pu lui tirer un mot de plus sur le sujet. Plus tard, quand j'ai osé lui demander ce qu'elle foutait avec moi, elle m'a répondu qu'elle ne s'était jamais posé la question, mais maintenant que je lui en parlais...

Ça fait un bon moment que je reste la plume en l'air. Je pense à Carole. Ça fait combien de temps que je suis dans ce trou sans femmes ? Je sais qu'il y en a un plein bâtiment dans une autre aile de la prison. Les autres détenus en parlent quelquefois. Pas trop. C'est mauvais pour le mental de s'imaginer des tas de femmes entre elles. Ça vient vous rappeler que ceux qui restent dehors sont, même provisoirement, moins cons que ceux qui sont dedans.

— Vous êtes en panne... ?

Le vieux Juif, planté devant moi, me regarde avec sollicitude.

— ... J'ai lu quelque part que Malcolm Lowry était resté plus de six mois sans pouvoir écrire un seul mot... Pas même le libellé d'un chèque.

— Ah bon, je fais, plutôt content de le voir si loquace.

— Ouais. C'est pas à moi que ça serait arrivé. Six mois sans faire de chèque et je m'en sortais... Surtout à la fin... Posez donc votre stylo. C'est pas en le tenant en l'air que ça coulera mieux.

On frappe à la porte et il s'excuse de me laisser, avant de trottiner vers le guichet où il enfourne un paquet de périodiques. Quand il revient, il désigne mon cahier d'un geste de la main.

— Vous en êtes où de votre... roman ?

— Pas très loin de la fin, je dis. Pourquoi ? Vous avez envie de le lire ?

— Bien sûr. Je ne suis pas le seul. Tout le monde à envie de le lire, ici.

— Ouais... Je suppose qu'on doit beaucoup vous en parler ?

— On m'a même proposé de l'argent pour en connaître ne serait-ce qu'un petit bout.

— Et alors ?

— Comment ? En me perchant sur votre épaule pendant que vous travaillez ? Et puis qu'est-ce que vous voulez que je fasse avec de l'argent ? De toute façon, je sais ce qu'il y a dedans.

— Ah bon ? je fais en rigolant.

— Pas les détails, évidemment, mais qu'est-ce que ça peut faire ? Je ne connais aucun des types que vous voulez faire tomber.

Je souris sans répondre. Qu'est-ce qui me dit que cet aimable petit vieux ne fait pas partie de la conspiration ? Il sait qui je suis. Il pourrait avoir envie de hâter le châtiment.

— Vous vous demandez si je ne suis pas en train de vous tirer les vers du nez, hein ? C'est un peu vrai, d'ailleurs. Au début, j'ai cru que vous alliez rédiger une sorte de rapport de police... Qui a fait quoi et quand ? Une assurance-vie à double tranchant... Le genre *je m'en sors ou tout le monde tombe...*

— Et maintenant ?

— Je ne sais plus... J'ai jamais vu un flic chercher l'inspiration pour écrire un rapport... Je me dis que c'est peut-être un vrai roman, après tout.

— Qu'est-ce que ça peut vous foutre ? je demande en souriant pour effacer un peu le mordant de ma voix.

Je n'ai pas envie d'être grossier avec le seul être vivant que je connais dans cette boîte, mais ses questions m'emmerdent. Il n'y a encore rien dans mon *roman*, rien en tout cas qui puisse faire tomber qui que ce soit. Si ça venait à se savoir, je serais mort dans l'heure.

— Je suis bibliothécaire, vous savez ? D'occasion, certes, mais je le suis encore pour un bout de temps… Quoi d'étonnant à ce que je m'intéresse à la littérature ?

Je ne réponds pas. Je baisse les yeux et je fixe ma feuille jusqu'à ce qu'il s'en aille.

Dans le couloir les portes claquent à la volée.

On va bientôt venir me chercher pour la promenade.

Je pense à Carole.

Et puis un jour, elle décida de partir pour Paris. Pour finir ses études, disait-elle. Il y avait là-bas un certain nombre de professeurs dont elle voulait absolument suivre les cours, et elle avait trouvé une boîte qui voulait bien l'engager tout en lui laissant le temps d'assister à ses cours.

— Tu ferais aussi bien d'en faire autant, ajouta-t-elle. Je te vois mal finir dans la peau d'un prof de philo.

C'était vrai. Je ne pensais qu'à ça depuis notre discussion sur la politique. L'ENA ou Sciences Po, c'était là qu'était ma vraie voie, le chemin du pouvoir que je traquais depuis si longtemps.

Le soir même, j'ai sifflé ma rengaine dans le répondeur de Vignole et j'ai attendu qu'il veuille bien apparaître.

Il a pris tout son temps. Plus de trois semaines, pendant lesquelles je me suis demandé s'il m'avait oublié, s'il avait décidé de me lâcher et de me laisser vivre tout seul ma future carrière de grand homme. Pourquoi pas, après tout ? Il semblait persuadé que j'adhérais à toutes ses idées et rien ne l'empêchait de tendre sa laisse jusqu'à Paris tout en me laissant accumuler les diplômes. Moi, dans ma candeur naïve, je me disais que je pourrais sans doute monter assez haut pour l'obliger à détacher cette foutue laisse, quitte à mettre pour un temps mes talents au service du Parti, en toute légalité cette fois.

Le seul ennui, c'était le fric. J'en avais mis assez de côté pour vivre chichement un petit semestre, une année universitaire tout au plus, mais s'il me coupait les vivres, j'allais devoir bosser et c'était pas vraiment ma spécialité...

Il m'attendait en bas de la petite rue qu'on prend de la fac pour rejoindre le carrefour Magnan. Quand je l'ai vu m'ouvrir la portière de sa voiture avec son sourire de caïman, j'ai compris qu'il se doutait déjà de quelque chose, qu'il m'avait laissé sciemment sur le gril et que la discussion risquait d'être plutôt rude.

— Tu siffles de mieux en mieux, jeune merle, il a fait en démarrant sèchement. On dirait que t'as aussi appris la patience... Je m'attendais à ce que tu insistes davantage.

— Y'a pas d'urgence, j'ai dit d'un ton léger.
Je commençais juste à me demander si vous vous
souveniez encore de moi.

— Je pense à toi tous les jours, mon petit
Antoine. Peut-être pas aussi souvent que toi tu
penses à moi, mais c'est normal… Simple question de hiérarchie…

Je ne savais vraiment pas par quel bout commencer et il n'a rien fait pour m'aider. Les doigts
à peine posés sur le volant, il conduisait en regardant la ville comme si elle lui appartenait.

— Je suppose que je n'ai pas besoin de vous
dire que je viens de passer avec succès ma licence,
j'ai dit avec le sentiment de me retrouver en culot-
tes courtes.

— Si c'est des compliments que t'es venu chercher, tu peux même dire brillamment…

Le salaud se marrait. J'ai su que j'étais foutu,
mais je me suis lancé quand même :

— J'en ai marre de Nice… J'ai besoin d'autres
cours, d'autres profs… J'ai envie de tenter ma
chance à Sciences Po ou, pourquoi pas, à l'ENA…

Ma voix sonnait comme celle d'un merdeux
qui demande à aller pisser au milieu du cours de
maths. J'avais envie de le cogner, de lui éclater la
tête contre son putain de volant. Je me haïssais,
je nous haïssais tous les deux.

— Je te comprends, il a fait avec un grand
sourire. L'ambition est une grande et belle chose,

dommage qu'en ce qui te concerne, elle soit limi-
tée par le jacobinisme parisien.

— Ça veut dire quoi, ce baratin à la con ? j'ai
gueulé, la voix forte, mais le cœur déjà vaincu.

— Ça veut dire que tu devras limiter ton
ambition à la fac de Nice. Ça veut dire que j'ai
besoin de toi ici et qu'il est hors de question que
je te laisse filer où que ce soit. Ça veut dire que
tu m'appartiens, mon petit Antoine, et que je ne
lâche jamais mes proies vivantes. C'est clair… ?

Ça l'était. Il n'avait même pas pris la peine
d'élever le ton. Il regardait devant lui comme si
je n'existais pas, comme si je n'avais jamais
existé.

— Merde ! Ça fait presque trois ans que vous
m'entretenez comme une pute sans rien deman-
der en échange !

— Ça te manque ? il a fait en se tournant briè-
vement vers moi. Je connais des tas de putes qui
seraient bien contentes d'être payées sans qu'on
leur demande d'écarter les jambes.

J'ai pas su quoi répondre. Que dire à un type
qui vous traite de pute quand c'est vous qui lui
avez tendu la perche ? J'avais touché son fric
mois après mois en croyant qu'il m'avait oublié
et, en guise de reproche, je n'avais trouvé à lui
servir que la vieille rengaine de la maîtresse aban-
donnée. Dans le fond, c'était peut-être ce que

j'étais : une pute belle et bien roulée, mais aigrie de ne plus être honorée par son mac.

— *C'est ça, hein ? T'as cru que t'en étais quitte avec moi, que je te trouvais trop malin pour te mettre sur des coups de minables ? Que je te gardais en réserve comme un costume du dimanche et que je me contenterais de te balader au bout d'une laisse assez longue pour que t'ailles faire l'intello à Paris ?*

— *Pourquoi pas ? j'ai dit en essayant d'empêcher ma voix de trembler. Vous en connaissez beaucoup des types capables de servir le Parti autrement qu'à coups de flingue ou de batte de base-ball ?*

— *T'occupe pas du Parti, Antoine. T'en as rien à foutre et je le sais depuis le début... Ton problème, c'est que tu t'imagines être le seul que le bon Dieu a équipé d'un cerveau en ordre de marche, et que ça t'autorise à mépriser le reste du monde...*

Il s'est garé souplement le long du bord de mer et m'a regardé longuement, avec quelque chose qui ressemblait à de l'affection, avant de poursuivre d'une voix douce.

— *Je ne t'en veux pas, Antoine. Tu me prends pour un con depuis toujours, mais je ne t'en veux pas parce que tu prends tout le monde pour des cons, sauf peut-être ta petite gauchiste, que tu ter-*

rorises tellement qu'elle veut filer à Paris pour mettre de l'air entre elle et toi...

Gentiment, il s'est tu pour me laisser le temps de digérer. Il ne m'avait jamais parlé de mes rapports avec Carole avant ça. Je n'étais pas assez naïf pour croire sérieusement qu'il ignorait que je la voyais toujours, mais je pensais qu'il s'en foutait un peu, qu'elle faisait partie de la relative liberté qu'il m'accordait. Dans mes moments de fol optimisme, j'allais même jusqu'à m'imaginer qu'il avait renoncé à la traquer par crainte de ma colère... Il avait raison une fois de plus. Je n'étais qu'un pauvre con, aveuglé par l'illusion de faire danser la création au bout de ses doigts.

— Tu croyais vraiment que j'allais te laisser partir, contre la promesse de mettre ton cerveau brillant de philosophe et d'énarque au service d'un parti dont tu te fous et que tu trahiras à la première occasion ? Mais mon pauvre Antoine, les grosses têtes des grandes écoles tomberont chez nous comme des fruits mûrs quand nous arriverons près du pouvoir. Qu'est-ce que tu crois ? Ces types sont dressés pour aller à la soupe, ils viendront quand elle sera servie, pas avant. Si je t'ai recruté, c'est pas pour ta capacité à passer des diplômes, mais pour celle de tuer froidement sans te faire prendre. T'as compris, maintenant ?

J'ai fait signe que oui. Que faire d'autre quand la messe est dite ?

— Ça va sans doute t'étonner, mais je t'aime bien, il a rajouté en remettant la voiture en route. C'est si vrai que je ne te fais aucune confiance. Tu te souviens de la fois où je t'ai demandé si tu savais jouer au stud poker ?

— Ouais, j'ai dit. Le coup de la carte cachée...

— Exact. J'en ai deux et c'est le moment de les retourner. La première, c'est une déclaration officielle de Norbert te chargeant du meurtre de Max. Il ne t'aime pas beaucoup, Norbert. C'est long vingt ans, surtout quand on s'est fait baiser par un gamin. La deuxième c'est... Mais je suis sûr que tu as déjà deviné.

— Si vous la touchez, je vous tue, j'ai fait, plus piteux que vraiment menaçant.

— C'est tout à fait possible, mais elle sera morte avant. Morte ou coincée dans un tel cul-de-basse-fosse qu'elle aura besoin d'un sacré lifting en sortant. Tu peux continuer à la voir, si tu veux. Je t'autorise même quelques vacances à Paris, mais n'oublie jamais que son sort dépend de toi...

14

— J'ai des nouvelles pour toi, Giordano. Des nouvelles d'un vieux pote.

Ça faisait un bout de temps que Casanova m'ignorait. Qu'il cherche à me parler aujourd'hui est déjà une mauvaise nouvelle, mais qu'il veuille m'en annoncer une bonne avec son sourire pourri de maquereau sent carrément la catastrophe. C'est du moins ce qu'il croit, vu que je ne vois pas très bien ce qui pourrait m'arriver de pire.

Dans un coin de la cour, les autres taulards nous regardent comme si le rideau de je ne sais quel spectacle allait se lever.

Je ne réponds pas. Je le fixe comme s'il n'était qu'une fissure de plus dans le béton qui nous entoure.

— T'es pas curieux comme mec, fait-il d'un ton déçu.

— Bien sûr que si, je finis par dire. C'est juste qu'on s'intéresse pas aux mêmes choses.

Il comprend pas, mais ça l'énerve quand même.

— T'es vraiment qu'un enfoiré de frimeur, il fait en se reculant prudemment d'un bon pas. Tu feras peut-être moins le malin quand Norbert sera là.

— Parce que c'est ça que tu cherches à me dire ? Pauvre pomme, va... T'as beau pédaler sur tes petites jambes, t'auras toujours la cervelle en retard sur tes pieds.

— Ouais, ben n'empêche qu'il s'est démerdé pour se faire transférer ici, et que ça fait un bout de temps qu'il cherche à régler ses comptes.

Il a raison. Les occasions de rigoler sont plutôt rares en tôle et l'arrivée de Norbert pourrait bien en être une.

Je le laisse à son bonheur, et je vais cogiter dans mon coin.

Je me dis que l'étau se resserre salement, que j'ai tout fait pour, mais qu'il y a quand même une sacrée différence entre penser à la fin et la voir se pointer. C'est pas tout à fait ce que ma mère et ma grand-mère auraient appelé une prière, mais je trouve que ça y ressemble tout de même un peu.

Je me dis aussi qu'on ne peut pas penser à tout et qu'en balançant l'histoire du Turc au juge, je n'avais pas prévu qu'il retrouverait la trace de Norbert et qu'il le ferait venir pour une confrontation dont je me passerais volontiers.

Encore un coup de ce putain de papillon sibérien.

Je suis à peine revenu dans la bibliothèque qu'on vient me chercher pour le parloir.

De Ferasse est blême. Je le comprends, ça commence à sentir sacrément le roussi pour ses fesses.

— Aldebert a trouvé un témoin pour le meurtre du Turc, m'annonce-t-il en s'épongeant avec un nouveau petit mouchoir de batiste.

— Vous êtes en retard sur la prison, mon vieux, je fais. Ici, tout le monde sait déjà que Norbert est transféré des Baumettes. Ce que je ne sais pas, c'est comment le juge est tombé sur Norbert.

— Votre mère, fait-il plutôt sobrement. Aldebert s'est douté que vous étiez trop jeune pour partir en moto tout seul. Il a convoqué votre mère et elle lui a donné les noms de Norbert Pancrazi et de Max Brochet.

Pour le coup, je me marre franchement. Norbert, Max et ma mère, la boucle est bouclée. Le passé m'a rattrapé avant même que j'aie fini de l'écrire.

— On dirait bien que tout est foutu, maître, je fais avec un large sourire. J'ai tué le jeune. Turc et j'ai aussi tué Max pour l'empêcher de parler. Norbert le sait et, comme vous vous en doutez sûrement, il n'a aucune raison de me faire de cadeau.

Il se met à transpirer comme un morceau de gruyère en plein soleil.

— C'est votre parole contre la sienne... tente-t-il, sans vraiment y croire.

— C'est vous l'avocat, je rigole. Si vous vous sentez de faire avaler ça au jury, c'est votre problème, mais ça m'étonnerait beaucoup que je sorte dans un mois...

— Écoutez, Antoine, fait-il en agitant ses petites mains, ne faites rien d'irréparable... Donnez-moi un mois comme prévu... Juste un mois...

Il a tellement la trouille que je me demande s'il va pas se transformer en flaque d'eau.

— OK, maître... J'attendrai un mois avant de tout faire péter, mais si Norbert meurt pendant son transfert, je balance tout au juge. Le Turc, Max et le reste...

— Pourquoi vous me dites ça ? coasse-t-il.

— Parce que je vous connais et que j'ai assez tué de gens comme ça.

Vignole n'a pas attendu longtemps pour me forcer à écarter les cuisses. Dès le lendemain de notre conversation, il m'a mis sur la première opération vraiment sérieuse de ma carrière.

Un chantier s'était mis en grève du côté de Levens et les ouvriers, tous des Arabes en situation plus ou moins régulière, menaçaient de balancer le patron à l'inspection du travail si on continuait à les payer avec un élastique.

En fait, tout le monde savait qu'il les faisait venir clandestinement d'Algérie, et qu'il retenait sur leur salaire le loyer du hangar dégueulasse où il les logeait. La paye moins les déductions diverses leur laissait à peine de quoi crever. Le patron, Auguste Nardi, était plutôt bien vu de la mairie, et les services de la ville et de l'État avaient une nette tendance à fermer les yeux, mais cette fois-ci l'affaire risquait de faire du bruit. La presse nationale commençait à s'y intéresser et la locale menaçait de sortir de sa torpeur endémique. « C'est un salopard, mais il crache au bassinet du Parti », m'avait dit Vignole en me confiant la mission de casser le mouvement avant que Nardi n'ait de sérieux ennuis.

Le jour, le chantier grouillait de gauchistes et de représentants de divers syndicats cherchant à récupérer le mouvement ou, plus simplement, à l'étouffer. La nuit, les ouvriers arabes restaient pour la plupart sur place sous la protection d'un piquet de grève plutôt relax. « Méfie-toi quand même, m'avait dit Vignole, quelques-uns de ces salopards ont fait leurs classes au FLN. »

J'ai commencé par virer l'équipe de guignols

aux crânes vides que l'Organisation m'avait refilée — « suffit de foncer dans le tas à coups de barres de fer » était, en gros, le plan le plus élaboré qu'ils avaient concocté —, et je me suis mis seul au boulot.

En tournant et retournant dans les troquets du quartier, j'ai fini par tomber sur un délégué CGT du chantier qui, après quelques rafales de pastis, ne savait plus trop qui il détestait le plus de Nardi ou des Arabes.

— Je suis pas raciste, mon pote, mais faut juste choisir entre celui qui vous refile du boulot et ceux qui vous le piquent…

— T'as raison, j'ai fait. C'est ces putains de gauchistes qui foutent la merde.

— T'en fais pas pour eux. On va pas tarder à leur servir une décoction de manche de pioche.

— Ouais… Ça fait du bien, mais ça règle rien… Au contraire… Ils vont crier au martyre et revenir en traînant toute la fac derrière eux.

— Je sais bien, mais qu'est-ce que tu veux qu'on fasse ?

— Facile. Tu choisis deux autres types qui pensent comme toi, vous restez cette nuit sur le chantier et vous cassez un max de matériel en signant le tout de slogans gauchistes.

— Putain !…

— Comme tu dis. Tiens, j'ai fait en lui glissant une enveloppe, c'est pour tes frais. T'en auras une autre plus grosse après le coup.

— Merde, mais t'es qui toi ?

— Un mec dans ton genre. Un communiste qui pense qu'on fait pas la révolution avec n'importe qui.

Le lendemain, la place était nette. Les gauchistes n'osaient plus se pointer par peur des syndicats, qui restaient chez eux en attendant de voir comment ça allait tourner.

La nuit suivante, j'ai flingué un Arabe au fusil de chasse. Je l'ai pris au hasard. Juste un de ces types qui faisaient tout le temps la navette entre le chantier occupé et le hangar qui leur servait de foyer. J'ai prévenu l'Organisation qui est venu ramasser le cadavre. Au matin, seuls les types en grève savaient qu'un des leurs avait disparu.

J'ai recommencé trois fois avant que les chefs du mouvement ne comprennent que leur lutte était sérieusement en train de dépasser le cadre d'un conflit social habituel.

Que vouliez-vous qu'ils fissent sans armes, sans soutien sérieux et, surtout, sans cadavres ?

Ils lâchèrent.

Trois jours après, Vignole m'apportait les félicitations officielles de l'Organisation. À vrai dire, c'était la première fois qu'il me parlait vraiment de l'Organisation.

— Tu te doutes sans doute que je ne suis pas tout seul...

Il avait commandé une bouteille de champagne dans son rade habituel et j'étais encore tout frémissant des résultats de ma stratégie éclair.

— J'étais bien tout seul, moi, j'ai fait d'un air bravache.

— Tu oublies la voiture balai, les protections diverses et le fric pour payer tout ça… Mais basta, c'est pas ton problème. Tu as été au-dessus de toutes nos attentes. Merci et bravo.

Ce fut tout. Merci, bravo et une bouteille de mauvais champagne. Pas d'enveloppe supplémentaire, ni d'offre de grimper dans la hiérarchie. De tueur à gages, j'étais passé simple soldat d'une obscure guerre secrète.

J'ai fait ce boulot pendant plus de deux ans. J'ai braqué des banques, des fourgons postaux et des camionnettes de la Brinks. J'ai monté des provocations pour augmenter la parano anti-immigrés dans des quartiers déjà fortement paranoïaques. J'ai organisé des expéditions nocturnes où des skins en passe-montagne ratissaient les ruelles du Vieux Nice, matraquant tout ce qui traînait en se faisant passer pour des Arabes, et des ratonnades où les mêmes (sans passe-montagne) tabassaient les Arabes pour venger les victimes innocentes.

Je suis devenu le spécialiste des coups tordus en tout genre, une sorte de génie en la matière puisque jamais personne ne me repéra, ni ne vit ma patte dans cette accumulation de troubles qui faisaient monter la tension en ville et la cote du Parti dans les urnes.

Pendant ce temps le maire, sans doute sensible à la radicalisation rampante de son électorat de retraités fortunés et de commerçants nantis, multipliait les dérapages verbaux et les discours racistes de moins en moins voilés.

L'organisation de Vignole faisait incontestablement du bon boulot, et la ville glissait tout doucement vers un passage démocratique dans les bras tendus du parti d'extrême droite.

Mais le départ de Carole m'avait profondément déprimé. J'avais quasiment abandonné mes études et tout espoir de devenir quelqu'un par la seule force de mon cerveau.

Je me sentais terriblement seul. Le crime, la violence, le mensonge et l'insondable stupidité des gens que je fréquentais avaient fini par me miner et, bien que n'étant pas particulièrement équipé pour le remords, je commençais à en sentir les effets sournois et dévastateurs.

Incapable de remplacer la femme que j'aimais, je me mis à fréquenter les putes et les travelos. C'était facile et peu coûteux. Ma beauté les séduisait sans problèmes et l'obscure protection de Vignole et de sa bande de flics et de malfrats tenait les maquereaux à distance.

C'est en fréquentant assidûment un Antillais bâti comme un lanceur de javelots, qui tapinait dans le quartier Notre-Dame en s'affublant du look et de la perruque de Tina Turner, que je suis tombé sur Me Hector de Ferasse.

César et moi étions devenus vraiment très copains et j'avais pris l'habitude, quand je ne le voyais pas dans la rue, d'aller directement sonner à la porte de son petit studio. S'il était occupé, il gueulait quelque chose du fond de son lit et je l'attendais, assis sur les marches de l'escalier, sous le regard ironique, dégoûté ou carrément envieux des autres habitants de l'immeuble. J'aimais bien César. Un peu parce qu'il s'appelait Sainterose et que je trouvais ce nom tout à fait adapté à son allure et à son métier, le genre de patronyme qu'aurait adoré Jean Genet, mais surtout parce que son rire, sa bonne humeur et l'amour débordant qu'il vouait au genre humain étaient de nature à faire reculer la plus vertigineuse des déprimes. Cette grande folle noire était de très loin le plus beau fleuron d'humanité qu'il m'ait été donné de fréquenter.

— C'est qui ce type ? j'ai demandé après avoir vu sortir de chez César un bonhomme étriqué, dont la tête disparaissait presque entièrement dans le col d'un somptueux pardessus de cachemire. Une tortue des Galapagos fringuée par Cerruti ?

— Dis pas de mal des tortues, tu veux. Je n'ose-

rais jamais faire à ces petites bêtes ce que ce mec me demande de lui faire… C'est un noblaillon plein de fric… C'est pour ça que je le garde, mais j'en suis pas fier… C'est un des avocats du Parti.

Noir et homo, César avait toutes les raisons de vomir le Parti et il le faisait avec une ardeur qui m'amusait au début, mais qui avait fini par me mettre mal à l'aise. C'est aussi pour lui que j'ai décidé de raconter tout ça. Qu'il me pardonne s'il le peut…

— Ah bon, j'ai dit, soudain très intéressé. Et qu'est-ce qu'il te demande de si particulier ?

— Des trucs de tarés… Mais qu'est-ce que ça peut te foutre ? fit-il en enlevant l'incroyable kimono à ramages rouge et noir qu'il mettait pour recevoir. Ce qui compte, c'est ce que toi tu me demandes…

— Un peu de tendresse dans un monde de brutes, j'ai fait en rigolant. Dis-m'en un peu plus sur ce type. J'ai besoin de savoir.

— C'est vrai que tu m'as jamais dit ce que tu faisais, dit-il en me lançant un regard aigu. Tu serais pas un peu flic, par hasard ?

— On est jamais flic par hasard, ma douce. Allez, parle-moi de ce type.

— Il s'appelle Hector de Ferasse, il est avocat et il aime aussi beaucoup les très jeunes gens. Filles ou garçons, il s'en fout du moment qu'ils sont très jeunes.

187

— Il fait ça avec toi ?

— Tu me prends pour qui ? fit-il d'une voix âpre. Il m'a demandé, mais je l'ai envoyé au bain.

Je l'avais vraiment mis en rogne, si bien qu'il me fallut un bon moment et pas mal de cajoleries diverses pour obtenir le nom et l'adresse d'une fille spécialisée dans l'organisation de ce genre de sauteries.

J'ai facilement trouvé la fille, une vieille pute sur le retour incapable d'assurer sa subsistance autrement qu'en fournissant à ses clients des services qu'elle ne pouvait plus assurer, et je lui ai refilé suffisamment de fric pour qu'elle m'organise quelque chose d'intime : juste moi et un pote à qui je voulais faire une surprise.

— Il a marché ? j'ai demandé à César après la visite hebdomadaire de Ferasse.

— Tu parles... Il en bavait presque sur ses godasses. T'es sûr que ça va pas me mettre dans la merde ?

— T'inquiète... Après ce que je lui réserve, il te filera son fric sans même descendre de voiture.

Il a rien dit, mais je sentais bien qu'il n'aimait pas ça. César était trop fondamentalement honnête pour ne pas haïr le chantage. J'étais sûr qu'il ne chercherait jamais à extorquer un rond à Ferasse, et qu'il ne faisait ça que pour l'amour de ma jolie petite gueule.

— Et toi ? Pourquoi tu fais ça ? il a demandé.

Je n'en savais rien encore. Par peur, sans doute. Par pure méchanceté, peut-être ? Je sais maintenant que la haine que j'éprouvais pour ceux qui se servaient de moi comme d'un esclave rompu à l'exercice de l'horreur et de la manipulation commençait à se répandre en moi comme une lave mortifère.

— Il faut bien que les méchants paient un jour, j'ai fait d'un ton trop insouciant pour être crédible.

Ce fut d'une facilité déconcertante. Tiré par ses appétits de chair fraîche comme une hyène l'est par la charogne, Ferasse s'est pointé au rendez-vous, un studio de la Californie loué et équipé par la vieille maquerelle, sans la moindre méfiance. Il ne portait même pas de masque et fut surpris de m'en voir porter un.

Marrant de voir comment l'esprit humain sélectionne l'ignoble. Moi qui avais déjà tué six personnes, tabassé une bonne vingtaine et menti à tout le monde depuis ma naissance, je fus écœuré par le spectacle de Ferasse triturant sans leur faire aucun mal le corps de ces mômes, qui se vendaient avec la froideur mercantile de putains chevronnées. Il cessa tout de suite de s'intéresser à moi et se plongea dans l'oued avec des grognements de phacochère. J'ai eu le temps de prendre la moitié d'un rouleau de pellicule

189

avant qu'il ne se rende compte de ce que je faisais.

Il s'est retourné et je lui ai shooté dans les côtes sans trop appuyer.

— Bougez pas, maître... j'ai dit en enlevant mon masque. J'ai pas encore fini...

Il a essayé de se lever, mais ce qu'il a lu dans mon regard a dû l'en dissuader.

J'ai fini le rouleau avant qu'il n'arrive à prononcer un mot.

— OK... OK... J'ai de l'argent... Je paierai...

— Vous avez déjà commencé... Désormais, vous êtes garant de ma vie et de celle de mes amis pour le restant de la vôtre... Une vie tranquille, bien sûr.

— Mais qui êtes-vous ?

— Demandez à vos amis. Eux, ils le savent.

Je suis sorti, je suis passé prendre César sur son bout de bitume et on est allés se goinfrer de nourritures chères et de champagne millésimé.

15

Mes parents sont arrivés ce matin.

Corniglion est venu me chercher et m'a conduit au parloir sans me dire un mot. Et ils sont là, raides et tristes comme ce que j'ai fait d'eux.

Incapable de parler ni de me regarder, mon père inspecte la salle sinistre à petits coups d'œil d'oiseau. Je sais qu'il continue à m'aimer, comme je sais qu'il ne peut pas me pardonner. Je suis sa honte, ce qui pouvait lui arriver de pire, bien au-delà de ses pauvres craintes et angoisses de prolo. On craint pas grand-chose quand on espère peu.

— Nous n'avons rien à te dire…, commence ma mère.

Mais elle se tait tout de suite, comme si c'était déjà trop. Ses yeux à elle sont secs. Je suis mort depuis si longtemps qu'elle n'a plus la moindre humidité à m'accorder.

— Je sais…

Ma voix craque comme un fagot. Elle me fait peur, mais je continue.

— Je suis heureux que vous soyez venus… Je ne sortirai jamais d'ici… Enfin, je veux dire vivant… Ma seule volonté est que le livre que j'écris en sorte. J'y raconte tout… Voilà, c'est tout, je voulais que vous le sachiez…

Je me lève pour partir, mais la voix de mon père me retient.

— Non ! c'est pas tout. Je veux savoir ce qu'il y a dans ce livre.

J'ai envie de l'embrasser, de le serrer contre moi, de lui dire combien je suis heureux de l'entendre.

— Tout, je souris. Tout ce qui me condamne à mourir comme une donneuse, une balance… L'essentiel, c'est que j'ai compris qui je balance et pourquoi je le fais…

Je m'en vais et, cette fois-ci, personne ne me retient.

Vignole n'a pas tardé à me tomber dessus.

— *C'est quoi cette histoire à la con ! Tu sais qui c'est que t'as coincé comme ça ?*

— *Pour qui vous me prenez ? j'ai ricané. Un peu que je le sais. Pourquoi croyez-vous que je me suis donné tant de mal ?*

— *J'en sais rien, justement.*

— *Oh que si, vous le savez. Ça faisait un bout de temps que je jouais avec de mauvaises cartes. Maintenant, c'est fini.*

— *Qu'est-ce qui est fini, mon pauvre Antoine ? Tu crois peut-être que t'as assez de jeu pour quitter la partie sans casse ?*

— *Qui vous parle de la quitter ? j'ai rigolé. Je veux juste avoir le cul moins nu qu'avec votre donne. S'il arrive quoi que ce soit à mes potes, tout le monde saura que l'avocat du Parti, l'honorable Hector de Ferasse, se fait téter le nœud et lécher le cul dans une cour de récré... Ça vaut bien qu'on me respecte un peu, non ?*

— *Ça le vaut, il a fait au bout d'un petit moment. Combien ça t'a coûté, ce petit traquenard ?*

— *Cher. Vous connaissez les prix mieux que moi.*

— *Exact. Pour ce qui est du fric, je vais te le rembourser, faut toujours récompenser les initiatives de ses officiers. Pour le reste, fais très gaffe à toi...*

Je l'ai regardé partir en soufflant un grand coup. J'étais un peu blême de trouille, mais j'étais aussi devenu officier.

L'ennui, c'est que cette victoire facile m'a poussé à en tenter d'autres. Je croyais vraiment qu'avec Ferasse, j'avais de quoi éloigner suffi-

samment Vignole et sa bande pour finir la partie sur un pat. Merde ! Ferasse était le fils d'un type qui comptait vraiment dans la ville. Un pote du maire, du big boss du Parti, le genre de type à qui les services municipaux auraient construit une autoroute s'il avait exprimé l'envie de pisser les pieds au sec dans son jardin par tous les temps. Ils ne pouvaient ni laisser le scandale éclater, ni le buter avant pour éviter qu'il n'éclate. Je les tenais par les couilles. Il leur suffisait de me lâcher pour que je les lâche.

Faut dire aussi que la situation commençait à sentir vraiment le roussi.

Vignole avait pris un nouveau contrat. Il s'agissait ni plus ni moins que d'aller foutre le feu, la nuit, à un foyer de la SONACOTRA bourré d'immigrés algériens et tunisiens. « Pas de femmes, rien que des mecs. Ça devrait faire taire tes scrupules », il a précisé avec un grand sourire.

Ça devenait trop gros. Flinguer trois passants en pleine nuit en s'arrangeant pour qu'on ne trouve jamais les cadavres, c'était facile. Pas de plainte, pas de presse, le grand silence. Mais incendier une centaine de types dans leur sommeil en plein milieu d'une zone surhabitée, c'était la garantie de faire la une de tous les JT pendant une semaine, et de voir débouler le ban et l'arrière-ban des organisations politiques et humanitaires, de SOS Racisme à l'Union des Mères au Foyer

194

Pour la Tempérance. D'autant que le coup était cousu de câble blanc. Le foyer était installé dans une zone de construction de bon standing et les promoteurs auraient bien voulu qu'il dégage pour passer au standing au-dessus. Cherchez à qui profite le crime et, au mieux, je me retrouve avec les flics au train pour le restant de ma vie.

J'ai dit à Vignole qu'il n'était pas question que je me mouille dans un truc pareil, que c'était pas pour faire le malin ni pour expérimenter ma nouvelle donne, mais que, non, ça sentait trop le piège à con et que je ne comprenais vraiment pas comment un type comme lui pouvait s'engager dans un truc si pourri.

« Je le ferai et ça sera avec toi », il a fait sans même essayer de discuter.

J'aurais dû me méfier, savoir qu'on ne se débarrasse pas d'un type comme lui sans le tuer mais, depuis, j'ai eu le temps d'y réfléchir et de comprendre qu'il n'y avait déjà plus rien à faire. La nasse était tendue depuis longtemps, bien avant que je ne joue les matamores avec mon rouleau de pellicule.

Le lendemain matin, Vignole me cueillait au saut du lit avec une coupure de journal disant qu'une étudiante niçoise s'était fait arrêter dans son studio parisien avec un demi-kilo de cocaïne pure et une balance Roberval.

— T'as le choix, il a fait. Tu fais ce que je te dis ou elle passe quinze ans de sa vie à se faire mordre la touffe par des gouines plus féroces que des hyènes sous amphets. Tu peux aussi sortir tes photos et je m'arrangerai pour qu'elle meure en criant très fort et très longtemps... Même chose, bien sûr, s'il m'arrive quoi que ce soit avant le coup du foyer. T'as deux heures pour te décider. Quand tu seras prêt, siffle dans le répondeur.

— Restez là, j'ai dit. J'ai pas besoin de deux heures et j'en ai marre de gazouiller dans votre putain de joujou...

Je l'ai regardé me regarder pendant un petit moment. Il savait bien qu'il m'avait baisé en beauté, mais ça ne le rendait pas confiant pour autant. Il avait peur de moi et il n'arrivait pas à le cacher. C'était un vrai coup de maître. S'il s'était contenté de tuer Carole, je lui aurais pété dans les mains comme une grenade dégoupillée, j'aurais balancé les photos et l'un de nous deux serait mort très vite. Maintenant, il fallait que j'aille foutre le feu à son bazar avant d'essayer de le tuer. Il avait beau savoir que ce n'était pas si facile que ça, il y pensait aussi fort que moi.

La seule chose qu'il ignorait, c'est que je venais soudain de perdre toute envie de vivre.

— Je marche avec vous à deux conditions. La première, c'est que vous sortiez tout de suite Carole du merdier... Et avec les honneurs...

Erreur sur la personne, provocation des stups, connerie de journaliste... Vous vous démerdez comme vous voulez, mais je veux qu'elle sorte aussi blanche que la saloperie que vous lui avez refilée.

— *C'est prévu. Le dispositif est déjà en place. Elle sortira tout de suite après le coup.*

— *Jouez pas au con, Vignole, j'ai fait en haussant les épaules. On n'en est plus là tous les deux... Qu'est-ce que vous croyez ? Que j'ai envie de recommencer une partie de cache-cache ?*

— *D'accord... Elle sortira aujourd'hui. Et la deuxième condition ?*

— *Qu'on fasse le coup tous les deux, j'ai souri. Rien que vous et moi.*

Il ne s'attendait pas à celle-là. Il a méchamment tiqué avant de répondre. Au point que je me suis demandé un moment s'il allait marcher.

— *Qu'est-ce que tu mijotes ? il a demandé en me matant comme s'il espérait me lire la cervelle.*

— *Rien. Ce truc est vraiment dangereux et je veux pas risquer qu'un connard me foute dans la merde. On choisit le jour et l'heure au dernier moment et on reste ensemble jusqu'à la fin. Si vous vous dégonflez, j'y vais pas non plus.*

— *Tu te dis que j'aurai pas les couilles... C'est ça, hein ?*

— J'en sais rien... On peut se poser la question... Je vous ai plus vu donner des ordres que les exécuter...

— OK, mon gars, il a fait. Juste toi et moi.

J'avais envie d'exulter, je me suis contenté d'un petit sourire satisfait.

— Et qu'est-ce qu'on fait pour les pelloches ?

— Je les garde. Je vous les rendrai si tout se passe bien.

— Comment je saurai que t'as pas fait de double ?

— Pas dur. Je les ai même pas fait développer.

— Fais pas le con, Antoine. N'oublie jamais que t'aimes bien plus ta copine que moi cet enculé de Ferasse.

— Je sais. Je suis même pas sûr que vous ayez jamais aimé quelqu'un.

— Eh ben t'as tort, mon petit. Plus je te connais, plus je t'aime.

J'ai attendu que le journal annonce la libération de Carole. En termes embarrassés, l'article expliquait que la jeune Niçoise arrêtée en possession de cocaïne avait été victime d'un coup monté par les stups ou les trafiquants, bref qu'il s'agissait d'une erreur aussi lamentable qu'inexplicable et que la jeune fille était sortie libre avec les excuses de la hiérarchie flicarde tout entière. C'était, bien sûr, vaseux à souhait, mais la popu-

lation était déjà suffisamment habituée aux bavu-
res pour que l'information sonne à peu près
juste.

J'ai longtemps hésité avant de l'appeler. J'ai
même failli raccrocher en entendant sa voix lasse
me demander ce que je lui voulais encore.

— Pas grand-chose, j'ai fait. Juste t'entendre
une dernière fois... Te dire que c'est fini...

Je ne sais pas comment elle a trouvé la force
de rire.

— Fini ? Mais ça n'a jamais commencé, mon
pauvre Antoine... Comment as-tu pu croire
que... ?

Le rire s'est terminé en sanglots. Elle ne pen-
sait même pas à couper la communication, et je
l'ai écoutée pleurer au bout du fil, comme si ses
larmes étaient la seule chose qui pouvait encore
nous unir.

— Ce n'est pas de nous que je parle, j'ai dit.
Je sais que tu ne m'as jamais aimé... Ça n'a plus
d'importance... Je ne veux même pas que tu me
pardonnes... C'est moi qui suis fini. C'est juste
que je n'ai personne d'autre à qui l'annoncer.

— Pourquoi t'essayes pas Vignole ? C'est lui
qui t'a fait, non ?

Sa voix était devenue âpre et sèche. Malgré
moi, j'ai souri en retrouvant la Carole que
j'aimais tant.

— Même pas... Je me suis fait tout seul, Carole... Bien avant que Vignole me débusque. C'est un peu long à t'expliquer, mais c'est à ça que j'ai l'intention de mettre fin.

— Et comment ? elle a explosé. En ressuscitant ceux que tu as tués ? Tu n'as rien à m'expliquer. Je sais qui tu es... Crois-tu vraiment que je serais restée avec toi une seule seconde, si Vignole ne m'y avait pas forcée ? Tu es sa chose, Antoine... Tu es la chose d'une organisation assez puissante et perverse pour m'obliger à continuer à coucher avec toi parce que tu t'es mis en tête de n'aimer que moi...

J'ai pris chacune de ses phrases comme un boxeur qui encaisse une série de jabs bien raides avant de finir dans les cordes et, sans même reprendre son souffle, elle a continué à me sonner la tronche à grands coups, comme si elle n'en pouvait plus de retenir la vérité.

— ... Il m'a laissée partir parce que je n'en pouvais plus... Tu me terrorisais, Antoine. J'avais de plus en plus de mal à feindre et je risquais de lui devenir inutile... Alors il a relâché un peu la laisse, mais sans desserrer le collier...

Elle s'est tue un instant et, dans le silence, j'ai enfin pu entendre mon cœur qui cognait comme s'il voulait sortir.

— ... Tu penses que le monde t'appartient, elle a repris d'une voix fatiguée, mais tu n'as jamais fait que fabriquer un à un les maillons de ta chaîne... Tu portes la mort, Antoine. Je ne sais pas comment tu as fait pour y arriver, mais si tu as encore un destin, c'est celui-là.

Non seulement c'était vrai mais — et je venais soudain de m'en rendre compte — c'était aussi ce que j'avais l'intention de lui dire. Elle l'avait fait incomparablement mieux que moi en me coupant désormais toute possibilité de retraite. Dommage qu'elle n'ait jamais trouvé de quoi m'aimer assez pour le faire avant.

— N'aie plus peur, Carole, j'ai dit en regardant le combiné comme si ses yeux venaient d'y apparaître. C'est bien fini maintenant...

— Tue-le, Antoine... Ne t'occupe plus de moi... Tue-le si tu en es capable...

Et elle a raccroché.

16

Je suis allé repérer les lieux. J'ai laissé la moto dans le centre de Cagnes et j'ai fait le reste à pied. Deux ou trois kilomètres que j'ai parcourus en poussant des grognements d'ours. La colère me secouait les tripes comme un vent d'orage.

Une poignée de types glandait devant le foyer. Ils m'ont regardé arriver, un peu surpris de voir un Français venir jusqu'à eux autrement qu'en camionnette. Le foyer était une de ces réserves à main d'œuvre bon marché que les entrepreneurs écumaient chaque matin au gré de leurs besoins, et les gars qui traînaient devant aussi tard n'avaient pas trouvé d'embauche.

— Tu cherches un jardinier, patron ? a demandé un petit vieux malingre, à peine de taille à soulever une pioche.

Les autres se pressaient autour de moi en faisant leur propre article : « Je suis fort, patron... J'peux travailler toute la journée sans manger...

*Moi, moi, patron, j'connais les fleurs et je sais
tailler les arbres... »*

*Je me sentais comme un maquignon courtisé
par un troupeau de bêtes de somme.*

*J'ai pris le petit vieux par le bras et je l'ai traîné
à part. Les autres nous ont suivis en criant et en
exhibant leurs muscles.*

— *Cassez-vous ! j'ai gueulé. J'ai besoin de
personne... Je veux juste lui parler...*

— *J'en ai pas l'air, patron, mais je suis le plus
costaud de tous, m'a fait le vieux débris en clignant de l'œil.*

— *Ta gueule ! j'ai dit d'une voix excédée. Vous
êtes combien à dormir là-dedans ?*

*Il m'a regardé d'un air méfiant en essayant de
se dégager.*

— *Pas beaucoup... De toute façon, on a la
permission...*

— *Combien ! ?*

— *T'es de la police ?*

*Il se débattait tant que j'ai fini par lui lâcher le
bras, par peur de le lui casser.*

— *Non. Je suis de votre côté... Il va se passer
quelque chose ce soir... Quelque chose de grave...
Quelque chose de... de raciste, tu comprends ?*

*Il a fait signe que oui et a tout de suite crié une
phrase en arabe à ses potes qui commençaient
à m'entourer en marmonnant des trucs pas
aimables.*

— Dis à tes copains de ne pas dormir ici ce soir... T'as compris ? Pas dormir ici ce soir.

— Moi comprendre, il a fait. Pas la peine de me parler comme à un singe. Je voudrais juste savoir qui tu es et qui t'envoie.

— Écoutez, j'ai fait d'un ton suppliant. J'ai menti... Je suis pas vraiment de votre côté, mais j'ai entendu quelque chose dans un bistrot fréquenté par des types qui ne le sont pas du tout. Faut me croire... Restez pas là cette nuit...

Et je suis parti avant qu'il ait eu le temps de me répondre. Je savais qu'il allait prévenir ses potes, comme ils allaient tous s'empresser d'oublier ma tête. Quoi qu'il leur arrive, ces types ne parlaient jamais aux flics. Ils avaient payé pour apprendre qu'il n'en sortait jamais rien de bon.

J'ai donné rendez-vous chez moi à Vignole pour le soir même et, allongé dans le noir, je l'ai attendu en ne pensant qu'à lui.

Quand il a sonné à ma porte, il était déjà mort cent fois.

Sans se dire un mot, on a attendu l'heure de partir en sirotant un verre de scotch.

— Tu permets que je te fouille ? il a demandé juste avant que l'on quitte l'appartement.

Je l'ai laissé faire sans rien dire.

— Je te sais capable de tout, il a dit en souriant fièrement. C'est un compliment, tu sais ?

J'ai haussé les épaules.

— Vous êtes un frimeur, Vignole. Je pourrais vous briser la nuque à mains nues…

— Je le sais… C'est ça que j'aime bien. J'ai toujours admiré la désinvolture du dompteur entrant dans la cage.

Je me suis contenté de lui sourire en retour.

Dehors, il s'est dirigé vers une vieille Peugeot bâchée.

— Je me suis aussi occupé du matériel, il a dit en me regardant par en dessous. On n'est jamais trop prudent, hein ?

— Restez là si vous avez la trouille, j'ai dit. Rien ne vous oblige à y aller.

J'ai désigné la bâchée d'un signe de tête.

— Elle est clean, au moins ?

— Comme un sou neuf. Mets-toi au volant…

Je me suis installé en ricanant.

— Toujours votre sacrée prudence, hein ? Vous allez trop au cinoche, Vignole.

Il m'a jeté un sale œil. Il avait peur et ça commençait à se voir beaucoup.

— Vous m'avez pas l'air dans votre assiette, j'ai dit. J'aimerais pas que vous fassiez dans votre froc quand ça chauffera vraiment…

— T'occupe pas de mon froc et roule, il a grincé.

J'ai roulé en silence jusqu'à la sortie de la ville. C'était une nuit idéale pour un mauvais coup.

Pas de lune et une longue théorie de nuages bas et lourds qui bouffaient toute tentative de clarté.

— Je me suis occupé de ta planque et de tes alibis, il a fait comme nous passions devant l'aéroport. Un bon paquet de fric et tu partiras te faire oublier au soleil.

— Pourquoi ? Aucune raison qu'on nous repère...

— Non, bien sûr... Mais ça ne fait pas de mal de prévoir...

Le salaud mentait mal. Il était mort de trouille et il mentait mal. Il avait sûrement tout prévu pour me faire porter le chapeau : un témoin ou des indices vaseux à balancer aux flics, et tout un tas d'alibis bidons pour m'en sortir tout en me rognant les ailes. De quoi m'éloigner quelque temps en maintenant la pression au maximum.

— Qu'est-ce qui te fait rigoler ? il a demandé.

— Je rigole ? Désolé, mais je ne m'en étais pas aperçu... Sans doute le plaisir de bosser avec un vrai pro...

On a fait le reste du trajet sans rien se dire. Pour moi, il était déjà mort. Même si je ne savais pas encore comment j'allais m'y prendre.

J'ai garé la Peugeot dans l'ombre d'un hangar, à une centaine de mètres du foyer.

On est descendus et Vignole a sorti deux gros sacs de sport de sous la bâche.

— *Quatre cocktails chacun, il a fait à voix basse. Lance-les tous dans les ouvertures. Il faut que tout crame avant que les pompiers arrivent.*

J'ai pris le sac et j'ai vu le 38 qu'il tenait dans l'autre main.

— *Juste une précaution de plus, il a dit. Passe devant et fais ton boulot...*

J'ai pensé au petit vieux de ce matin. S'il ne m'avait pas cru, je ne pouvais plus faire grand-chose pour lui.

J'ai fait le tour du bâtiment, il était si silencieux que j'ai eu peur que Vignole se doute de quelque chose, et j'ai allumé deux cocktails avant de les balancer dans les fenêtres.

Vignole a attendu que ça brûle pour jeter les siens et j'en ai lancé un troisième sur le toit. Dans la nuit qui flambait maintenant comme une torchère, j'ai entendu des gens hurler. J'ai regardé autour de moi, mais ça venait bien du foyer. Le petit vieux avait fait ce qu'il pouvait, mais ce n'était pas assez...

— *Magne-toi de balancer le dernier ! a crié Vignole en agitant son flingue. Faut se replier en vitesse...*

Se replier... Cette ordure se prenait pour un officier sur le champ de bataille...

J'ai allumé la dernière bouteille et je l'ai fracassée à ses pieds. Il a tiré deux fois, mais il avait bien trop besoin de ses deux mains pour étouffer les flammes qui lui grimpaient dessus.

Il m'a regardé courir vers lui, a fait demi-tour pour s'enfuir, mais c'était trop tard. Je l'ai serré contre moi, comme pour éteindre le feu de ses vêtements et je lui ai brisé la nuque d'une seule torsion.

À l'intérieur du foyer, les cris s'étaient tus.

J'ai jeté Vignole dans le brasier et je suis reparti comme j'étais venu.

— On dirait que vous avez fini...

Mon vieux copain d'escroc juif me regarde du fond de la salle. Il a l'air si malicieusement sûr de lui que je me demande s'il n'a pas trouvé le moyen de lire mes phrases avant que je ne les écrive.

— Presque... Comment le savez-vous ?

— Vous êtes jeune, malgré tout... répond-il simplement, comme si c'était là un fait si patent qu'il suffisait à tout expliquer.

C'est vrai que je suis jeune, même si j'ai tendance à l'oublier un peu ces temps-ci.

Ce matin, à la promenade, j'ai vu Norbert. Il est là pour me tuer, et il y est prêt. Ses épaules et ses bras sont énormes. Il doit pomper de la fonte tous les jours depuis cinq ans en pensant à nos retrouvailles. C'est lui qu'ils ont envoyé et je suis sûr qu'il a pris le contrat avec enthousiasme. J'aurais fait comme lui.

J'ai quand même été amusé de voir de la peur dans ses yeux. « C'est pas du tout cuit », disaient-ils pendant qu'on se matait en roulant des mécaniques.

Mais il a tort.

Faut juste que je trouve le moyen de sortir le cahier.

— Comment vous allez vous y prendre ? demande le vieux qui me suit pas à pas. Je ne suis pas certain que les matons vous laisseront sortir avec…

Sortir pour où de toute façon ? Je n'avais aucun moyen de prévenir le juge et Norbert n'attendrait pas qu'il nous convoque pour la confrontation.

— Vous avez une idée ?

— Je sors demain… Autant que ça serve encore à quelque chose

— Vous sortez demain ? je ricane. Je finis mon truc et vous sortez le lendemain… C'est ce qu'on appelle un coup de chance…

— Et alors… ? Tu te crois trop mauvais pour mériter un coup de pouce sur le tard ? Qu'est-ce que tu fais de Lui ? il ajoute en levant les yeux vers le plafond.

Je garde les miens soigneusement baissés avant de répondre.

— Rien... Ma vie est assez compliquée comme ça.

— C'est là que tu te trompes, rigole-t-il. Finis donc ton bouquin, au lieu de papoter... Si tu trouves une autre solution d'ici là, tu pourras toujours refuser la mienne...

Les flics eurent beaucoup de mal pour expliquer ce que faisait un inspecteur des RG dans les débris calcinés d'un foyer pour immigrés, mais ils s'arrangèrent pour que Vignole ait la Légion d'honneur à titre posthume. Ils s'étonnèrent aussi du peu de corps découverts, quatre pauvres types que mon vieil arbi n'avait sans doute pas réussi à prévenir, mais ils n'ont pas jugé que ça valait une enquête.

Ils m'ont coincé avec des preuves si minces qu'il m'a fallu tout ce boulot pour rester dedans. Dedans et vivant, vu que les potes de Vignole m'auraient tiré comme un lapin si j'avais mis le nez dehors.

Il me reste à dresser la liste du peu que je sais de l'Organisation. Quelques noms et adresses, des bribes de conversations piquées çà et là, une poignée de déductions et d'hypothèses... Rien.

C'est décidé, je vais faire confiance au vieux Juif.

Maison d'arrêt de Nice, le 15 juin 198...

DU MÊME AUTEUR

CHASSE À L'HOMME, avec Jean-Bernard Pouy, Éditions Mille et Une Nuits, 2000.

MELANCOLIA, Le Verger Éditeur, 1999.

LE MARIONNETTISTE, Librairie des Champs-Élysées, 1999. (Folio Policier n° 202)

LE TÉNOR HONGROIS, Éditions Flammarion, 1999.

LE POULPE, LE FILM, avec Guillaume Nicloux et Jean-Bernard Pouy, Baleine, 1998.

LA PLAINE, avec des dessins de Frédéric Raynal, Éditions du Ricochet, 1998.

EN CHERCHANT SAM, Éditions Flammarion, 1998.

ARRÊTEZ LE CARRELAGE, Baleine, 1995. Réédition Librio, 1998.

BLUE MOVIE, avec Françoise Rey, Éditions Blanches, 1997.

NÉ DE FILS INCONNU, Albin Michel. Réédition Le Livre de Poche, 1997.

NICE EST, Calmann-Lévy, 1988. Réédition Baleine, 1997. (Folio Policier n° 128)

LA VIE DURAILLE, avec Jean-Bernard Pouy et Daniel Pennac. Réédition Fleuve Noir, 1997.

LA CLÉ DE SEIZE, Canailles Revolver/Baleine, 1996. (Folio Policier n° 152)

UN ORNITHORYNQUE DANS LE TIROIR, La Loupiote, 1996.

ARRÊT D'URGENCE, Albin Michel, 1990. Réédition Le Livre de Poche, 1992.

FENÊTRE SUR FEMME, Albin Michel. Réédition Le Livre de Poche, 1991.

NOSTALGIA IN TIMES SQUARE, avec Jacques Ferrandez, Futuropolis, 1987.

VERY NICE, Albin Michel, 1982.

OMBRES BLANCHES, Syros.

UN TUEUR DANS LES ARBRES, Albin Michel, 1982.

BLUES MISSISSIPPI MUD, avec Patrick Bard, La Martinière.
   (épuisé)

PARUTIONS FOLIO POLICIER

Composition Nord Compo.
Achevé d'imprimer par la
Société Nouvelle Firmin-Didot
à Mesnil-sur-l'Estrée, le 3 mai 2001.
Dépôt légal : mai 2001.
Numéro d'imprimeur : 55481.

ISBN 2-07-041727-1/Imprimé en France.